難攻不落な君主サマ

真崎ひかる

幻冬舎ルチル文庫

CONTENTS ✦目次✦

難攻不落な君主サマ

✦カバーデザイン＝久保宏夏（omochi design）
✦ブックデザイン＝まるか工房

イラスト・蓮川 愛✦

難攻不落な君主サマ

《一》

「うわっ、すっげー風」

甲板へ続く扉を開けた瞬間、潮を含んだ海風が吹き抜けて髪を乱す。海上を渡る風は少しベタつくけれど、目の前に広がる紺碧《こんぺき》の大海原《おおうなばら》は壮観だった。

都心の高層ビル群を見慣れた目には、雄大な自然が眩《まばゆ》い。

似ているようで、決して混じり合うことのない海の青と空の青は、見事としか言い表しようのない眺めだ。が、港を出てから一昼夜代わり映えしない風景を見続けるのは、さすがに厭《あ》きた。

「うー……しばらく、船に乗りたくねーな」

足元がふわふわするのは、たぶん船酔いの前兆で……そろそろ、揺れのない大地に足をつきたい。

「予定じゃ、もう着く頃じゃねぇの？　……二時間も幅を持たせた、テキトーなタイムテーブルだったけど」

独りでブツブツ文句を零《こぼ》しても、どうなるわけでもない。特大のため息を漏《も》らした斗貴《とき》は、甲板の手すりを摑《つか》んで足元に視線を落とす。

ここにいても仕方がない。船室に戻るか……と踵《きびす》を返そうとしたところで、

「島が見えたぞ！」

そんな声に引き留められた。

うつむいて海上に白く残る航跡ばかり見ていた斗貴は、顔を上げて海の彼方《かなた》に視線を移した。

頭上から降り注ぐ、太陽の光が眩《まぶ》しい。

「島って、あれか」

遮るものがなにもない見通しのいい海の向こうに、ぽっかりと浮かぶ小さな島影が見える。その周りには、更《さら》に小さな緑色の小島がいくつかあるだけだ。

点在する小島は、人が住めそうな雰囲気ではない。間違いなく無人島だろう。

隔離、という言葉が頭に浮かんだ。

「アルカトラズ……なるほど」

斗貴は、自分たちを乗せた船が向かう場所のニックネーム……かつてアメリカにあった刑務所の名前を小さくつぶやいて、苦笑した。

孤島に造られ、脱走が不可能だったという刑務所と同じく、あそこに足を踏み入れれば容易に出られそうにない。

「隔離ってより、収監か？」

ピッタリな表現だ。おれって天才、と。

思わず零した独り言に自画自賛して、頬《ほお》に皮肉な笑みを滲《にじ》ませた。

□□□

実技訓練の時に着用する服やテキスト類は支給されるということで、船のタラップを降りるお仲間たちはワンショルダーの小さなスポーツバッグだけを持った斗貴と似たり寄ったりの荷物の少なさだ。

南方に位置する島なので、一年を通して半袖《はんそで》と長袖のＴシャツが数枚あればいい、というのも事実のようだ。

中学の修学旅行で、一度だけ訪れたことのある沖縄と似た気候かもしれない。ただ、沖縄より湿度が低いのか、さらりとした風が心地いい。

「マジで男しかいねぇのか……」

背後から聞こえてきた誰かの声につられて、斗貴は、さり気なく自分の周囲を見回した。

アレはパス。細すぎるより適度に筋肉質な身体《からだ》の方が好きだが、あまりにもゴツイのは抱く気になれない。

これもダメだ。同じやるなら、好みの顔がいい。

……あの顔と身体なら、まぁ合格だな。

悪癖だと自覚していても、つい周りにいる男を吟味してしまう。そして、顔や身体が好みならベッドの相手の性別にこだわらない自分は特だな……と思う。同性ばかりだと嘆いている女好きのヤツが気の毒になる。

「はぁ……。アルカトラズって本当だったんだな」

今度は斗貴の斜め前で、誰かがぽつんと口にした。

興味深そうに周囲を見回している連中は、誰もが同じことを考えているのだろう。周りの男を守備範囲か否か、のん気に振り分けているのは斗貴だけに違いない。

斗貴も頭を切り替えて、『ここがSD養成所のある島か』と、心の中でだけつぶやいた。

ちなみにSDとは、セキュリティドッグの略だ。

ドッグと言っても、本物の犬ではない。斗貴たち自身が、犬のように従順に主《あるじ》を守るよう訓練されるための場所なのだから。

SP……一般的なセキュリティポリスと比べれば絶対数が少ない上に表立って活躍することはあまりないが、有事の際は丸腰《まるごし》であっても身を挺《てい》して主人を護衛する。一般国民には存在を明らかにしていないため、外見上は普通のSPと変わりがない。

紛争地域や災害で混乱した国の視察に赴く官僚や、内戦でごたついている国に派遣される大使のお供《とも》を任されるのはSDと呼ばれる人間ばかりで、SPより過酷な任務には当然高い能力が求められる。

ここでは、優秀なSDを育成するために国費で二年かけて教育される。訓練中の衣食住が国費で賄《まかな》われることと、修了後の就職には世界のどこへ行っても困らない……ということもあり、厳しい適性テストの競争率は五十倍とも百倍とも言われる。今、この島に降り立ったのは、それを通過した選《よ》り抜きの人間ばかりだ。

ただ、訓練所の場所は一般には非公開とされている。

斗貴たち訓練生でさえ、集合場所に指定された港から船に乗せられたのはいいが、どこへ向かうのか明確に教えられなかったのだから。

こうして到着した今でも、南の島……だということしかわからない。

市販されている地図には載っていない島の、噂《うわさ》のように語られるだけの場所にいる……と思えば、自然と感慨深いものが込み上げてくる。

「このまま、真っ直ぐ《ます》進め。坂を上りきったところに訓練所施設と寮がある。部屋番号は事前に送った書類の名前の後に記してあるから、ひとまず部屋で待機するように」

船と岸壁をつなぐタラップの脇に立っている男が、拡声器のいらない張りのある声で指示を飛ばした。

確かに、船着き場の前には舗装された一本道がある。

ただし、途中で曲がっているせいもあって、ゆるやかな坂の終わりは見えない。まさか、この見上げるような山の頂上だろうか。

斗貴は、「マジかよ」と潜めた声で言い合う他の連中を無視して、黙々と坂を上り始めた。迎えのバスという親切なものはなさそうだし、ここでぼーっとしていても仕方がない。

まぁ……歩いていれば、いつかは着くだろう。

ゆっくりと歩き始めた斗貴の後ろを、数十人の気配がついてくる。自然と、先導するような形になってしまった。

……坂の上は見ないようにしよう。それに、あとどれくらい距離があるのか……というのも、深く考えないほうがよさそうだ。

しゃべっていたら疲れが増すだけだと気づいたのか、歩き始めて十五分も経つ頃には誰もが黙って歩を進めるだけになっていた。

道の両脇にある鬱蒼《うっそう》と茂った山の中からは、平和そうな小鳥のさえずりが聞こえてくる。時おりざわざわと木の枝を揺らし、風が通り過ぎていった。

頬を撫《な》でる風は……湿度は低くても、生ぬるい。爽《さわ》やかさとは無縁の温風だ。

「…………」

ふと、坂の上からエンジン音が近づいてくることに気づき、斗貴は足を止めた。これは……車ではなく、バイクだろうか。

首を傾《かし》げていると、前方のカーブから人影が飛び出してきた。

黒いTシャツとカーキ色のズボンを身につけた男だ。ゆるい下り坂を、必死の形相《ぎょうそう》で駆け下りてくる。

「なん……だ？」

あまりの勢いに、熊にでも追われているのか？　と眉《まゆ》を寄せる。この鬱蒼とした山なら、熊が出ると言われても不思議ではない。

まぁ、南海の離れ小島に生息する熊など、聞いたことはないけれど……。

自分の思考に苦笑した瞬間、そんな斗貴の目前にあるカーブを曲がって大型の黒いバイクが現れた。

「待たんか、ボケ！　逃げてんじゃねぇっ！」

バイクに跨《また》がって低い声で怒鳴っているのは、派手な蛍光オレンジのTシャツと土埃《つちぼこり》で汚れた黒いズボンを身につけた男だ。公道ではないせいか、ヘルメットはかぶっていない。

どうやら彼は、この男から逃れようとしているらしい。

「俺から逃げられると思ってんのか！　ああっ？」

「うわっ！」

追いかける男はナナハンの大型バイクを右手だけで操り、左手に持っていた竹刀《しない》を逃げる男の膝《ひざ》の裏に振り下ろした。

竹刀を叩《たた》きつけられた男は、斗貴の前方数メートルの位置でバランスを崩し、両手を広げて向かってくる。

「うげっ……来んな！」

それは、頭で考えての行動ではなかった。ただ、反射的に自己防衛してしまっただけだ。

不可抗力とはいえ、咄嗟《とっさ》に向かってくる男の腹に蹴《け》りを入れるという容赦のない仕打ちをした斗貴に、背後の連中が「うわ」と息を呑《の》んだ気配が伝わってくる。

思い切り蹴られた男は、がくりとアスファルトの上に崩れ落ちて動かなくなってしまった。

「……ヤバ、生きてるかっ？」

路上に伸びている男の脇に焦ってしゃがみ込むと、バイクを路上に倒した男が大股《おおまた》で近づいてきた。

無言で斗貴と同じように膝を折り、転がっている男の擦《す》り傷《きず》だらけになった頬をペチペチと叩く。

「この人、大丈夫ですか？　おれ、つい」

話しかけた斗貴に、男が顔を上げて……視線が絡んだ。黒目の光が強く、意志の強固さが察せられる瞳だ。

斗貴は、至近距離で目にした男の容姿にコクンと喉《のど》を鳴らした。

縫い留められたように目が離せない。あちらも、睨《にら》むような眼差《まなざ》しでジッと斗貴を見据えている。

竹刀を振り回すという凶暴なことをしていたし、大型バイクを片手で操るという離れ業《わざ》をやっていたので、どんな厳《いか》つい男かと思ったが……とんでもなく整った顔をしていた。

少し長めの黒い前髪のあいだから、切れ長の目が覗き……高すぎず、かといって決して低くはない鼻と形のいい唇《くちびる》が絶妙な位置にある。

それでいて、優男《やさおとこ》というわけではない。半袖のTシャツから伸びる腕は過剰なものではない引き締まった筋肉に覆われている。観賞用の見かけ倒しではなく、使うことで磨き上げたものだろう。

がっしりとした胴回りや肩も、極端にゴツくはないしなやかな筋肉に包まれていて……成熟した男であることを誇示している。

年は、十八歳の斗貴とそれほど離れているとは思えない。二十代の半ばから、せいぜい後半というあたりだろうか。

港で斗貴が吟味していた男たちとは比べものにならない、『極上の男』だった。

こういう最上級の男を組み伏せられたら、強いものを屈服させたいという支配欲が存分に満たされるに違いない。

目の前の人間がそんなことを考えていると伝わったわけではないはずだが、斗貴と視線を絡ませたままの男はわずかに目を眇《すが》めた。

「ああ……そういや、新入りの来る日か。これくらい、どうってこたない。ヤワな鍛え方はしてねーよ」

男は、斗貴の後ろに続く集団に初めて気づいたようにつぶやき、かすかな笑みを浮かべた。怒鳴っている時の粗暴な声音とは違い、落ち着いた深みのある声だ。

「あ……」

目を逸《そ》らせなくなるほど強烈な存在感のある男など、初めて逢《あ》った。

男は呆《ほう》けたようにぼんやりとしている斗貴を気にすることなく、倒れている男を抱え起こすと、背中の真ん中に膝を当てて両肩を引いて胸を反らせる。

前後不覚に陥っていた男は、気を入れられてゲホゲホと噎《む》せながら目を開けた。

「どこへ行くつもりだった？　脱獄ゴッコか？　楽しそうだなぁ」

「ひ……ッ、す、スミマセンでしたっ！」

彼は地面に片膝ついて低い声で尋ねた男を目にした途端、ビクッと顔を引き攣《つ》らせる。謝罪を口にしながら、起き上がったばかりの地面に伏せた。

「まぁ、いい。新入りどもに、これ以上みっともない姿を見せるな。とりあえず上に戻るぞ。全力でバイクの後について来い」

「はいっ」

立ち上がった武神《ぶしん》のような男は、総重量が二百キロ近くあるはずの黒いバイクを容易《たやす》く起こし、ふっとなにかを思いついたように斗貴たちを振り返った。

再び視線が合い、斗貴は自然と身体を硬くした。どうしてこの男にこれほど緊張してしまうのか、自分でもわからない。

気圧《けお》されている、と認めるのは癪《しゃく》だった。

「新入りたちにいいコトを教えてやるよ。上まではあと十キロ弱だ。すぐだぞ」

ニヤリと人の悪い笑みを浮かべてそれだけ言い残すと、バイクのエンジンを吹かして来た道を戻っていった。

ついさっきまで倒れていた男も、その後について走って行ってしまう。

……なんなんだ、あの妙な存在感のある男は。追いかけられていたほうも、数分前まで道路の上で伸びていたくせに。サイボーグか？

唖然《あぜん》と二人を見送った斗貴は、男の言い残した言葉を頭の中で復唱して、勢いよく背後を振り向いた。

「あと十キロ⁉」

聞き間違いならよかったのに……斗貴の問いに返ってきたのは、引き攣った笑みを浮かべた数十人のぎこちないうなずきだった。

□□□

「つ、着いた……よな」

息を切らせながら歩いてやっと山の上に辿《たど》り着いたが、誰も無駄話をする気力は残っていないらしい。斗貴のつぶやきに答える声はない。

乱れた息を深呼吸で整えると、重い足取りでコンクリートの建物に入る。

割り振られた寮の四人部屋に荷物を置き、一息つきかけたところで、スピーカーから音声が流れてきた。

『新入りは食堂に集合。ガイダンスを行う』

どうして食堂だ？　と思ったけれど、大人数を一度に収容できる場所……ということで食堂なのだろう。

居室から廊下に出て、別棟の食堂に向かう。長テーブルとイスが並ぶ食堂に入ると、手近な場所に腰を下ろした。

「……書類は行き渡ったか？　簡単に説明するから、黙って聞けよ」

ビッシリと印字された書類を片手に持って斗貴たちの目前に立ったのは、さっき坂道で逢った強烈な存在感のある男だ。

蛍光オレンジのTシャツがなんとも派手だと思っていたが、一緒に並んでいる他の二人も同じ格好をしているので決められた服なのだろう。

「俺は、ここで教官をしている藤村陣《ふじむらじん》だ。今年の入所者は六十名。このうち何人が修了できるかわからんが、一応おまえらがここを出るまで面倒を見ることになっている。担当クラスは赤」

怒鳴っているわけでもないのに、藤村と名乗った男の声はマイク不要で食堂に朗々と響き渡っている。

担当クラスは赤……という言葉に、斗貴は事前に郵送されてきた入所案内の書類に目を落とした。

斗貴の名前と寮の部屋番号の後ろに、赤い米印が印刷されている。これが無意味なものでなければ、斗貴のクラスは『赤』なのだろう。

……しかし赤組って、幼稚園のクラス分けでもあるまいし、もう少しなんとかならなかったのだろうか。

藤村が後ろに引くと、横に立っていた男が順番に足を踏み出して簡単な挨拶と受け持ちの担当クラスを口にする。

全員、教官という言葉から連想するより、はるかに若い。一番年上と思《おぼ》しき教官でも、三十代の半ばくらいだ。体力勝負だろうから、若くなければやっていけないのかもしれない。

二十人ずつ三つに分かれたクラスは、『赤』と『青』と『黒』。今までは適当に座っていたが、それぞれのクラスごとに固まるよう指示される。

「あ……寮の」

「同室者、だな」

目が合った男と、うなずき合う。こうして分けられて初めて気づいたが、寮の同室者も同じクラスの連中のようだ。

クラス内での連帯感を持たせるためか、斗貴のいる一角に配られたバンダナや靴紐《くつひも》の色は見事に『赤』一色だった。靴下まで派手な赤なのは、いかがなものか……と思ったが文句は言えない。

「わからんことがあれば、教官室に聞きにこい。まぁ、何日かすれば嫌でも憶《おぼ》えるだろ。好きにうろついてもいいが、山に迷い込むなよ。面倒だから、迷子《まいご》になっても探してやらねーぞ。ひとまず解散！」

説明というにはあまりにも適当なガイダンスが済むと、解散が言い渡される。斗貴は支給されたものを抱えて、腰かけていたイスから立ち上がった。

とりあえず部屋に戻って、荷物の整理をしなければ……。

そう思いながら足を踏み出した直後、低い声で名前を呼ばれた。

「橘《たちばな》、斗貴」

「んぁ？」

反射的に振り向くと、派手な蛍光オレンジのTシャツが目に飛び込んできた。

あの男。藤村だ……と気づいたのと同時に、大きな手で軽く後頭部を叩かれる。

「名前を呼ばれたら、返事は『ハイ』だろうが。んぁ、ってなんだよボケ」

「……スミマセン。おれが橘です。なんでしょうか」

このヤロウ……と思ったが、相手はナナハンを片手で操りながら竹刀を振り回す化け物だ。逆らうのは得策ではないだろう。

街を闊歩《かっぽ》するチンピラからは、売られたケンカを漏れなく買っていた斗貴でも、こんな規格外の男に突っかかるほど無鉄砲ではない。

向かい合って話している斗貴と藤村をチラチラと見ながら、他の連中は食堂を出て行く。気がつけば、広い食堂には藤村と斗貴の他に四人しか残っていなかった。

こうして目の前に立たれると、藤村の体格がよくわかる。

斗貴より十センチ近く上背《うわぜい》があって、筋肉に覆われた肩から二の腕にかけてのラインが腕っ節《ぷし》の強さを想像させる。日本で唯一の、SD養成所の教官という立場なので、実際に腕が立つのだろう。

それよりなにより、無駄に顔がいいというのが一番怖い。斗貴も男女問わず引く手数多《あまた》だったが、藤村と並べばステーキの脇に添えられたニンジンのようなものだろう。もしくは、ハンバーガーのピクルス。

有無を言わさず、添え物の引き立て役だ。張り合う気さえ湧いてこない。

内心ため息をついて視線を逸らそうとしたところで、藤村が口を開いた。

「いいか、橘。おまえが『赤』のクラス長だからな。自分のクラスの連中をしっかり纏《まと》めろよ」

藤村の口から出た意外な言葉に、斗貴は声もなく目を見開いた。

大人数を纏めるのに、リーダーが必要なのはわかる。ただ、それに選出されたのが自分だというのが信じ難《がた》い。

斗貴は、自分がトップに立つタイプではないと自覚している。我ながら、いい加減……適当な人間だと思う。

「なんで、おれが……ですか。拒否権は？」

ジロリと藤村に睨まれて、語尾を丁寧な言葉に言い換える。斗貴の前で長い腕を組んだ藤村は、クッと癖のある笑みを唇に浮かべた。

楽しそう……というより、斗貴をバカにしているような笑い方だ。

「そりゃ、おまえが入所前の適性テストでトップスリーだったからだ。あとは、各クラス長にそれぞれ違うタイプを……っていうのが決まりなんだ。なにより、おまえ……面白そうだからなぁ。ちなみに、拒否権はない」

「面白そう?」

違うタイプのクラス長……というのは、青と黒の教官だと紹介された二人と話している男のことだろうか。

斗貴からは後ろ姿しか見えないが、一人は派手な金髪でもう一人は真っ黒の短髪と、見た目からして正反対な二人だ。

しかし、斗貴に対する『面白そう』という評価がいまいち理解不能だ。

「ああ。おまえ、自分に自信があるだろう」

「…………」

そうです、とも言えずに斗貴は口を噤《つぐ》んだ。

実際、養成所に入るための適性テストは斗貴にとっては容易いものだった。百メートルを十二秒台で走るのは全力を出さなくてもできるし、同居していた伯父《おじ》が空手の師範をしていたため斗貴もしっかりと鍛えられ、腕っ節にも自信がある。

伯母《おば》が、偏りがあってはならないという教育理念を持っていたために、ピアノや華道教室、手話講座にまで通わされていた。がさつだと嘆息されて、テーブルマナーまで習わされたのは参った。

そのわりに、期待されていたほど優雅な雰囲気が身につかなかったのは、少しばかり申し訳ないが……。

それでも、多方面の知識があるということに関しては、書類審査においてプラスポイントだったはずだ。

噂では、養成所での二年間はすべて国費で賄われるため、審査基準はかなり厳しい……と聞いていたが、合格通知を受け取った際に「こんなものか。ちょれぇ」とつぶやいたのも事実だ。

「まぁ、あれだ。おまえみたいな、生意気そうなガキのプライドを叩き壊すのが楽しくてな。実技訓練が楽しみだよなぁ？」

藤村は、人の悪い笑みを浮かべながら斗貴を見下ろした。どうやらこの男は、ずいぶんとよろしい性格をしているらしい。

こうなると、もともと火のつきやすいタチの斗貴は、『そっちがそのつもりなら受けて立ってやる』という気分になってしまう。

その思いが目つきに表れていたのだろう。藤村の笑みはますます深くなる。

「とりあえず、この名簿を渡しておく。基本的に寮の自治はクラス長に任せている。なにか揉《も》め事《ごと》があれば、連帯責任ってことを忘れるなよ。若い男ばかりで血の気が余っているだろうが、ケンカで備品を壊したら恐ろしいお仕置きが待っているからな。ま、訓練が始まれば不必要に暴れる元気もなくなるだろう。質問は？」

「いえ……別に」

手渡されたバインダーに挟まれた名簿には、赤クラスに属する人間の名前と年齢、出身地が記されていた。ご丁寧に、バインダーを綴《と》じてある紐も赤い。

ズラリと並んだ二十人の名前に続く大きな空欄は、気づいたことを書き込んで自分で埋めろということだろうか。

「今日は夕食まで自由行動だ。親交を深めるなり、この周りを探索するなり好きにしろ。教官室はそこに見える棟の一階だから、なにかあれば来い。……言っておくが、ここは学校じゃない。学生時代の気分を引きずるなよ。基本的に揉め事はテメーらで片づけろ」

「…………」

「返事は？」

「ハイ」

ジロリと睨み下ろした藤村は、斗貴の返事に、フンと鼻を鳴らして背中を向けた。他の教官たちとぽつぽつしゃべりながら、食堂を出て行く。

……尊大なしゃべり方をしやがって。

教官ってやつは、そんなに偉いのか？　教官……指導者というより、まるで絶対主義の国を統治する君主だ。いや、暴君だ。

心の中で不満を零しながら、唇を引き結んで大きな背中を睨んでいた斗貴は、近づいてきた男に肩を抱かれてハッと顔を向けた。

「赤のクラス長？」

「は……あ」

低い声だ。男なのは間違いない。でも、極太のアイラインを引いて目を拡幅させたりマスカラで睫《まつげ》毛を増量させたり……念入りに手をかけている女よりも綺麗《きれい》な顔の男というものは、初めて目にした。

髪は、キラキラと光を弾《はじ》く淡い色だ。パッと見は脱色しているのかと思ったが、根元から均一な色味なので天然のものだろう。顔立ちからも外国の血が入っているのは明らかで、斗貴を覗《のぞ》き込んでいる瞳や睫毛の色素も淡い。

ジッと見ていたら、色素の淡い瞳とバッチリ目が合った。斗貴に向かって、微笑を浮かべる。

「僕は、青のクラス長。名塚塁《なつかるい》ね。最初に言っておこう。母親がフランス人だから、ハーフ。この金髪は自前だ」

自分を指差しながらの自己紹介に、斗貴もボソッと言葉を返した。

「……橘、斗貴」

「斗貴か。僕のことも、塁って呼んで？」

「はぁ……」

斗貴も基本的に人懐っこい部類に入るだろうけれど、この男には負けた。どうも会話のテンポが軽すぎて、うまく切り返せない。無口な性格でもない斗貴が、言葉に詰まってしまった。

綺麗な顔や引き締まった身体つきは好みなのに、いまいち食指が動かない。この妙なノリのせいだろうか。

「えー……と」

落ち着きのない気分を変えたくて、もう一人の男にチラと目を向ける。

こちらは、短く整えた黒髪といいすっきりとした容姿といい……肩幅が広く、ガッシリとした体躯《たいく》と相俟《あいま》って、武将のような雰囲気だ。ちなみに、ベッドの相手としては、ガタイがよすぎるので対象外。

日本人離れした容姿の名塚と並ぶと、外見も全身を包む雰囲気も、すべてが見事なくらい対照的な二人だった。

自分を含めて、三つのクラスに違うタイプのクラス長を、という藤村の説明にも納得できる。

「君は？　黒のクラス長だよね」

「鷹野宗二郎《たかのそうじろう》だ」

名塚に問いかけられた男は、ぶっきらぼうな口調で簡潔に口にする。

続く言葉を待ったが、自分から必要以上にしゃべる気はなさそうだ。名乗ったきり口を噤んでいる。

鷹野とは会話にならなそうだと思ったのか、困ったように金色の髪をかき上げた名塚は、矛先を斗貴に向けた。

「しっかし斗貴、可愛《かわい》いなぁ。男ばかりのところに二年も軟禁状態なんて、憂鬱……って思っていたけど、斗貴みたいな子がいるなら悪くないか」

「可愛いって、なんだよ。それに『子』って言うな」

斗貴は、ジロリと名塚を睨みつけて反論した。

今まで斗貴に対して『格好いいね』と賛辞を送る人間はいても、『可愛い』などと表現されたことはない。屈辱だ。

確かに、どこをどう見ても男らしい硬派な鷹野と比べたら……格好いいとは言えないかもしれないが。

「ああ……ゴメン。なんとなく可愛くて。斗貴、十八でしょ。僕、先月二十歳《はたち》になったからねぇ。可愛いというのが嫌なら、綺麗な顔だねと言い直しておこう」

年下といっても、たった二つの差だ。身長が一七八センチあり、細身でもそれなりに男らしい体格をしていると自負している斗貴は、自分が『子』呼ばわりされるほど可愛らしいとは思えない。

「綺麗って、あんたに言われたら嫌味だ」

眉を顰《ひそ》めて、ボソッと吐き捨てる。

名塚に、綺麗な顔だなどと言われても説得力がない。綺麗なものを見たければ自分の顔を見ろと、鏡を差し出したいくらいだ。

「俺も十八だな」

「うえっ！」

ポツンとつぶやいた鷹野に向かって、斗貴は名塚と同時に声を上げてしまった。

ここの入所資格には二十歳までという年齢制限がある。だから、二十歳より上ということはないにしても、この落ち着きは間違いなく年上だと思っていたのに……同じ年だと？

「なんだ、二人とも目を丸くして。そんなに俺は年嵩に見えるか？」

年嵩に見えるというより、老けている……と素直に口に出せなくて、無言でコクリとうなずいた。

斗貴を見下ろした鷹野は、不快感を示すでもなく唇に苦笑を刻む。名塚も、複雑そうな表情で鷹野の全身を眺めている。

まさか、斗貴のように『対象外』と思っているわけではないだろうが……。

「ますます、斗貴が可愛く見えるなぁ」

そんな感想をつぶやきながら、名塚の腕が斗貴の肩を抱いた。

「……ベタベタするなよ。おれよりでかい男に寄られても、嬉しくない」

並んで立たれるとわかることだが、名塚は斗貴より五、六センチ上背がある。鷹野に至っては、比べようとすることさえ無意味だ。目測だが……一九〇センチ近くあるに違いない。

ここに来るまでは平均以上の体格だと自負していた斗貴も、自分よりはるかにガタイのいい男に囲まれてしまうと自信を失《な》くしそうだ。

「うん？　斗貴ってば、そんなに綺麗な顔をしてつれないことを言うのか～」

「あんたに綺麗とか言われたら、嫌味だって言ってんだろ！」

名塚の腕を振り払って、黙って立っている鷹野に目を向ける。

難しい顔をしてどうしたのかと思えば、手に持っている支給されたばかりの黒い靴下をまじまじと眺めていた。

「鷹野？　靴下がどうかしたのか？」

派手な赤い靴下より、鷹野の黒や名塚の青の方がマシじゃないのか？

そう思った斗貴は、そんな顔をする必要はないだろうと首を傾げた。

「いや……下着まで黒にしろと言われなくてよかったと思って」

笑うでもなく、真剣な表情で口にした鷹野に、斗貴はどう言い返すべきか悩んだ。

冗談だろうか。それとも、本気で言っているのか……真面目な顔からは、まったく読み取れない。

斗貴が言葉を返すより早く、名塚がケラケラと笑った。

「そうだねぇ。ま、僕は基本的に下着をつけないから、どっちでもいいけど」

「はぁぁ？」

呆気《あっけ》に取られた斗貴は、思わず名塚が身につけている赤い革のパンツを見下ろした。まさか、この下がノーパン……？

……冗談、だよなぁ。

名塚も鷹野も、斗貴をからかっているに違いない。笑っている名塚はともかく、鷹野は真剣な顔で言うから悩んでしまった。

「あ、おれ褌《ふんどし》派。赤の褌なんて、シャレになんねーよなぁ」

二人がそのつもりなら、流れに乗るべきか。斗貴も冗談で返そうと、あはは……と笑ってみせる。

「……今の時代に褌か。渋いな」

「見せて見せて、褌！」

鷹野は真顔でつぶやき、名塚はわくわくとした口調で言いながら斗貴のジーンズを脱がせようとする。

「や、ヤメロッ。ジョーダンだって！」

今までの会話は、まさか冗談ではなかったのか？

斗貴は必死で、脱がされそうになるジーンズを名塚の手から死守した。

その様子がおかしかったのだろう。斗貴に手を振り払われた名塚は、食堂の床にしゃがみ込んで肩を震わせている。

鷹野は……笑みを浮かべるでもなく、大真面目《おおまじめ》な表情で斗貴を見下ろした。

「冗談だったのか」

どうやら、わかっていて悪ノリしたとしか思えない名塚はともかく、鷹野は本気だったらしい。

たまにいるが、冗談の全く通じないタイプなのだろう。

一気に脱力した斗貴は、テーブルに置いてある支給された赤い靴下や靴紐にバンダナ、名簿の挟まれたバインダーを眺めて深いため息をついた。

途中で脱落しなければ、こんな連中とこれから二年もつき合うことになるのか……。

先が思いやられる。

《二》

「ちょうど、青と黒もウォーミングアップが終わったみたいだな。合同で遊ぶか」

そう言って、青クラスと黒クラス、斗貴たち赤クラスのクラス対抗騎馬戦を提案した藤村が憎い。

山の上にある広大なグラウンドは、ギラギラと照りつける太陽を遮るものもなく、容赦ない直射日光が頭上から降り注いでいる。

なにより、汗が目に沁《し》みて痛い。

クラスカラーの赤いバンダナを頭に巻いていても、額に滲んだ汗が流れるのを完全に防ぐことはできない。

斗貴は、イテテ……とつぶやきながら腕で組まれた騎馬の上で目を細めた。各クラス長が大将に指定されたので、有無を言わさず騎手にされてしまったのだ。

この騎馬戦で最下位になったクラスには、一週間の風呂《ふろ》掃除というペナルティが課せられることになっている。

数十人が一度に入ることのできる寮の風呂は、それなりの面積がある。可能なら掃除を免《まぬか》れたい……と思うのは斗貴たちだけでなく、当然ながら他クラスの連中も同じようだ。負けたくないという対抗心もあるだろうけど、ペナルティ効果もあってか、騎馬戦は異様に盛り上がっている。

「おい、そっちだろ」

「大将を狙えって！」

「赤の大将、橘はどこだよっ？」

騎馬が移動すると、砂埃が舞い上がる。

斗貴は細かい砂が目に入らないよう瞼《まぶた》を伏せながら、事前の作戦会議でクラスの連中と話し合ったとおりに戦線の後方へ下がった。

できる限り大将のバンダナを奪われるリスクを少なくして、ギリギリまで体力を温存しておこうという作戦だ。

「コラ、橘ぁ！　安全地帯で、のん気に見物してんじゃねぇっっ！」

作戦に沿って後方からのんびりと傍観していた斗貴だが、藤村の声に「ゲッ」とうめいて横を向いた。

「くそっ藤村のやつ、余計なコト言いやがって！」

規定の黒いTシャツとカーキ色のズボンを着用している斗貴たち訓練生と違い、違いが一目でわかるように……いう意図か、藤村たち教官は蛍光オレンジのTシャツと黒いズボンを身につけている。

それにプラスしてクラスカラーの赤いバンダナを二の腕にくくりつけているので、藤村の整った顔と相俟ってどうにも派手な印象だ。

目が合った斗貴に、ニヤリと人の悪い笑みを浮かべた……？　と眉を顰めた直後、藤村に気を取られている場合ではないと我に返る。

「赤の大将か！」

藤村の声のせいで斗貴が背後にいると気づいたのか、直前にいた青いバンダナの騎馬が方向転換をしたのだ。

「うわ、待て……ッ」

藤村のアホ！　性格悪ぃ！　と心の中で罵《ののし》りながら、斗貴は伸びてきた手をギリギリでかわした。

いつの間にか残っている騎馬は片手で足りる数になり、脱落組がグラウンドに腰を下ろして見物している。

「名塚、鷹野と一騎打ちしろ！」

「いっそ、大将戦でいいんじゃね？　橘、逃げ回るなって！」

かけ声から察するに、各クラスの大将はすべて生き残っているようだ。逃げ回っていた斗貴や味方にガッチリと守られていた名塚はともかく、ほぼ常に最前線にいた鷹野が残っているのは立派としか言いようがない。

「橘、あんまり暴れんな……っ。イテェって！」

「悪いっ！　でも、そりゃ無理だろ」

騎馬になっているチームメイトの男の頭に手を置いて、奪われそうになるバンダナを庇《かば》っていると、髪を掴んでしまった騎馬から苦情が寄せられた。

申し訳ないとは思うが、こうして身体を支えていないと落馬しそうだ。バンダナを奪われるまでもなく、落馬してしまえば失格となる。

「あ！」

ふと顔を上げると、名塚が鷹野の背後からバンダナに手を伸ばしていた。だが、指が届く直前に鷹野が振り返って返り討ちに遭っている。

鷹野の手に、名塚の青いバンダナが奪い取られた……と意識がそちらへ向いた途端、誰かに斜め後ろから腕を引っ張られた。

「ッ！」

グラッと身体が傾き、驚いて振り向く。

黒いバンダナを身につけた騎馬と目が合った。馬が手を出すのは、反則……と思う間もなく、バランスを崩した身体が空中に投げ出される。

「橘っ！」

誰かが斗貴のTシャツを摑んでくれたが、それだけで地面への落下を防ぐのは不可能だった。背中から落ちてしまい、腰と後頭部を硬いグラウンドに打ちつける。

「……ッ」

全身に響く衝撃に声も出せなくて、斗貴はグッと身体を丸めた。

反射的に受け身を取って頭を強打するのだけは避けたけれど、痛いものは痛い。すぐには動けそうにない。

「おい、斗貴。大丈夫かっ？」

「このボケ！　騎手を落とすなと言っただろうが！」

名塚の声が頭上から降ってきて、斗貴の脇に屈《かが》み込む。その声をかき消す音量で藤村の怒声が響き、ザッザッと足音が近づいてくる。

顔に影が落ちて、覗き込まれているのがわかった。

「橘……頭、打ったか？」

「……ちょっと」

思いがけず、やんわりとした手つきで前髪をかき上げられる。ふっと息をついた斗貴は、薄く目を開けて藤村を見上げた。

眉を寄せ……いつになく険しい表情で、斗貴を凝視《ぎょうし》している。

「受け身は？」

「取った……でも、イテェ」

質問にポツリと答えると、

「イテェとか言えるなら大丈夫だ。身軽なヤツだな」

そう言って、小さく息を吐く。

自分たち訓練生が意識を失っても、笑いながら蹴るくらいするのでは……などと、鬼か悪魔のように思っていたけれど、どうやら本気で心配してくれていたらしい。

「今、黒の馬が手を出したな」

「……申し訳ありませんでした」

藤村の言葉に、同じように斗貴の脇に屈み込んでいた鷹野が答えた。

鷹野の騎馬とは、無関係なグループだったのに……クラス長としての責任を感じているのだろうか。声が硬い。

「おい、橘を俺の背中に乗っけろ。連帯責任だからな。黒クラスは全員、教官にお仕置きしてもらえよ」

「……はい。橘、ちょっと動かすからな」

鷹野に腕を引かれて身体を起こされ、しゃがんだ藤村の背中に乗せられる。焦って身体を離そうとしたけれど、藤村が立ち上がるほうが早かった。

「うわ！」

バランスを崩して仰《の》け反《ぞ》った斗貴の背中を、「あぶねぇな」と言いながら誰かが押し戻してくれる。

「暴れんな、橘。また落ちるぞ」

反射的に目の前の広い背中にしがみつくと、藤村の声が密着した背中から響いてくる。拳《こぶし》を合わせて組み合う際の距離感とは種類が違い、なんとも奇妙な感じだった。

「橘を医務室に放り込んだら、すぐに戻ってくる。鬼ごっこでもして遊んでろ」

「い、いいよっ！　大げさだな。なんともない……って」

気を失っているならともかく、こうして会話が成り立つくらいには平然としているのだ。少しばかりクラクラするけれど、医務室の世話になるほどではない。

そう焦って口にした斗貴に、藤村は淡々と言い返してくる。

「ちょっととはいえ、頭打っただろ。用心して一時間くらい休んでおけ。グラウンドの真ん中で引っくり返られたら、邪魔だ。踏むぞ」

「ひ、ひでぇ……」

「だから、医務室に放り込んでやるって言ってんだろうが。メチャクチャ親切だろ」

藤村の胸元で交差した腕を、斗貴の足を抱えた左右の手で握られる。傷病者を一人で運ぶ時の基本姿勢だとわかっているが、気分的には藤村から逃げられないようガッチリと拘束されているみたいだ。

しかも藤村は、斗貴一人を背負ったくらいでなんともない……といわんばかりに、軽い足取りでコンクリートの建物に向かう。

斗貴の重さを感じていないような、広い背中と厚い肩……腕の下にある大胸筋の感触が、憎たらしい。着やせするのか、服の上から目にする印象よりもがっしりとした体格をしているようだ。

「入所案内のパンフレットにも書いてあったと思うが、ここには医者が常駐している。急病人が出てもすぐに病院に運べない離島だからな」

藤村は独り言のように口にしながら、大きなガラス扉の前に立った。医務室には、建物の中からだけでなくグラウンドからも直接入れるようになっている。

室内に声をかけるまでもなく、斗貴たちに気づいたらしい白衣の男が近づいてくる。

手早く扉を開けて、藤村に背負われている斗貴を見上げた。

「藤村教官、怪我人ですか？　新入り第一号ですね」

こんな僻地《へきち》に常駐している医者というのは、隠居間近の老人かと勝手に想像していたが……藤村と同じくらいの年だろうか。

それに目が大きくて可愛い印象なので、ものすごく若く見える。二十代……前半ではないはずだけれど、年齢不詳だ。

平均的な中肉中背だと思うが、ここには平均以上の体格をした男が多いせいか小柄というより華奢《きゃしゃ》な感じだ。

「騎馬戦で落馬したんです。たいしたことないと思いますが、あちこち擦り傷があるし頭も打ったようで……。ちょっと診てやってください」

「はいはい。意識……は、あるみたいですね」

斗貴と目が合った男は小さく笑って、砂だらけになっているだろう斗貴の背中を叩いた。

ようやく藤村の背中から下ろされ、ホッと息をついた。

有無を言わさず連れてこられたことが不愉快で、キュッと唇を引き結ぶ。なにより、この男に背負われて運ばれたというのが屈辱だ。

「……橘、『ありがとうございました』は？」

腕を組んだ藤村に偉そうな表情で見下ろされて、ますますふて腐れた気分になる。

こちらを見る目に、楽しそうな色が浮かんでいる。これは間違いなく、斗貴がいじけていることがわかっているのだ。

「おれはいいって言ったのに、あんたが無理やり連れてきたんじゃんか」

「ありがとうございました、だろ？」

声を荒らげるでもなく……静かに言いながら、グローブのような大きな手でがっしりと頭を摑まれた。斗貴の小さな頭を摑むくらい造作もないのか、ギリギリと指が食い込んできて降参の声を上げる。

「いててて、悪かった。アリガトウございました！」

斗貴が口にした棒読みの礼に、藤村はフン……と鼻を鳴らして踵を返した。グラウンドに戻っていく背中を、唇を噛《か》んで睨みつける。

「怪力め」

小声で悪態をつき、乱された髪を撫でつけた。

あの男は、美形の皮をかぶった熊だ。背中にファスナーがついていて、中身は凶暴なヒグマに違いない。

「仲がいいねぇ」

「ど、どこがっっ？」

しみじみとつぶやかれた言葉に、背後に立つ白衣の男を勢いよく振り返った。

今のやり取りを見ていて、仲がいいという感想を抱くなんて……どこをどう解釈したのか、謎だ。

複雑な顔をしているだろう斗貴に、白衣の男はクスリと笑いながら答える。

「あの藤村教官が、楽しそうに笑っていたから。威勢のいい新入りが入って、嬉《うれ》しいんだろうねぇ。あ、橘くん？　動けるなら、ズボンを脱いで外の水道で手足についた砂を落としてきてください。はい、タオル」

近くにあった丸イスに腰を下ろそうとすると、手足についている砂を落としてからだと止められる。

　確かに、このままだと清潔そうに掃除されている床が、砂でザラザラになってしまう。

「どうも……」

　タオルを受け取ってガラス扉のすぐ脇にある水道で手足を洗うと、水がヒリヒリと沁みた。落ちる瞬間、咄嗟に地面に肘《ひじ》をついたせいか、両肘から血が滲んでいる。あちこち痛いので、他にも細かな擦り傷がありそうだ。

「すみません、タオルに血ぃつけちゃった」

　水滴を拭《ぬぐ》う際、気をつけていたつもりなのに、水で滲んだ血がタオルに付着してしまった。

　白衣の男は、「気にしなくていいよ」と笑って今度こそ斗貴を丸イスに座らせる。

　床に屈み、斗貴の手を取って手際よく擦り傷に消毒薬を噴きつけていく男を、ぼんやりと見下ろした。

　こうして近くでマジマジと見たら、ずいぶんと綺麗な顔をしていることに気がつく。

　やわらかそうなこげ茶色の髪や、目元に影を落とす長い睫毛を眺めていると、悪い癖がムクムクと湧き上がる。

「センセ、名前は?」

「橘くん、入所案内のパンフをよく読んでいないね。私は石原《いしはら》です。……左手、もう少し上げて」

左手首を掴んで持ち上げられた斗貴は、さり気なく右手を白衣の肩に乗せた。真剣な顔で擦り傷の消毒をしている石原は気に留めていないようだ。

薄い肩、骨も細くて……抱き心地がよさそうだと、唇に微笑を浮かべる。

「石原センセ、可愛いよね」

今までは、そう言って斗貴が無邪気に笑って見せれば、男も女も簡単に魅了できた。

少年の雰囲気を残した斗貴の容姿は相手に警戒心を抱かせないらしく、ガードが固そうな人間の隙《すき》をつくのも得意だ。

特に……年上のウケがいいと自覚した上で、武器にしている。

藤村のような迫力のある美形も、性格はともかく外見だけなら守備範囲から大きく外れているわけでもないし、名塚タイプの美人も嫌いじゃない。けれど、より好みなのは……男女問わず、やわらかな雰囲気の年上だ。

夜の盛り場で逢った誰かのベッドに潜り込んで、甘やかしてもらいながら相手を抱くのがここに来るまでのお決まりのパターンだった。

斗貴と変わらない体格ならまだしも、微妙に好みから外れるゴツい男が多くてガッカリしていたけれど、石原みたいなタイプがいるとは嬉しい誤算だ。

掃《は》き溜《だ》めに鶴《つる》とはこのことか。正しく、白衣の天使に見える。

「……ありがとう。橘くんも、可愛いね」

顔を上げた石原は、子供をあしらうようにそれだけを口にして、今度はトランクスから伸びる斗貴の膝に視線を落とした。

地面に打ちつけた膝は、長ズボンのおかげで血が出るような傷はないけれど、内出血をしているみたいだ。早くも、青く変色しかけている。

……しかし、ものすごくあっさりと流されたような気がする。

「おれ、可愛い？　カッコいいって言ってよ」

しゃべりながら肩に置いていた手を浮かし、さり気なく石原のうなじに指を滑らせたけれど、特にリアクションはなかった。

今まで、これほど見事にモーションを無視されたことはない。なにも反応してくれない石原は、斗貴のプライドをチクチク刺激する。

「んー……やっぱり可愛い、かな。特に、人を見る目が甘いところが」

「え……」

ふっ……と笑みを浮かべた石原は、斗貴の内腿《うちもも》に手のひらを這《は》わせてきた。あまりの不意打ちに、ビクッと腿の筋肉が強張る。

咄嗟に逃げかけた斗貴の腰を、石原の手が引き留めた。

「若いねー。肌がすべすべだ」

「ちょ……と、石原センセ。なに触って……ッ」

トランクスの裾《すそ》から指先が忍び込んできて、脚のつけ根近くをくすぐられる。斗貴より細く、明らかに非力に見えるのに……石原の手から逃げることができない。

腕力で抑止されているのではない。人体のどこをどう押さえたら動けなくなるのか、熟知しているのだろう。

「ここにいると、結構その手のお誘いは多いんだよね。若い男ばかりだから、みんなイロイロと持て余しているみたいだし。……若いっていいねぇ」

緊張感のあまりない言い方で淡々としゃべりながら、石原の手は更に際どいところへ潜り込もうとする。

ザワリと、背筋を悪寒が這い上がった。

「まっ、待てっ！」

みっともなく上擦った声を零しながら、斗貴は必死で身体をよじった。

石原の手がパッと離された途端、金縛りが解ける。勢い余って、小さな丸イスから転がり落ちてしまった。

「え……っと」

……今の危機感は、なんだろう。ものすごく怖かった。

石原のような、やわらかい雰囲気を持った男は嫌いではない。むしろ好きなのに、取って食われそうなヤバイ空気を感じた。

「あれ、やめるの？　……残念。橘くんみたいな生意気そうなコを泣かせるの、好きなんだけどなぁ」

「…………」

床に座っている斗貴を見下ろした石原は、邪気を感じさせない笑顔で口にした。その笑みが恐ろしい。

「あの、まさか石原センセ、おれを……？」

恐ろしい疑念が頭に浮かび、よせばいいのに石原に向かって尋ねてしまう。

石原は、やんわりとした微笑を浮かべたまま躊躇《ためら》う様子もなくうなずいた。

「その気になったら、いつでも声をかけてくださいね。欲求不満を吹き飛ばすくらい、たっぷり抱いてあげるから」

「……センセを抱かせてくれるなら、今すぐにでもお願いしたいんですが」

「却下」

おずおずと口にした斗貴だが、笑みは崩さないまま即座に拒絶が返ってくる。

白衣の天使かと思ったけれど、どうやら石原は白衣の下に黒くて細くて先の尖《とが》った、長い尻尾《しっぽ》を隠していたらしい。

石原も男なのだから、征服されるより征服したいと思うのは当然かもしれないが、こんなに優しそうな顔をしている美人なのに……詐欺だ。

基本的に斗貴はベッドを共にする相手の性別にこだわらない。ただ、一つだけ絶対に譲れないものがある。

それは主導権……端的に言うと、ベッドでの上下だ。

自分の腕の中で乱れる誰かを眺めるのが好きなのであって、主導権を渡すつもりは毛頭ない。誘ってきた相手にはあらかじめ条件として提示するのだが、どうしても意見が合わない場合は手で触れ合うかオーラルセックスで妥協する。

……石原の顔や雰囲気は好みなのに、心底残念だ。

「どうする？　少し休んでいく？」

清潔そうな白いシーツのかかったパイプベッドを指差しながら尋ねられ、斗貴は無言でぶるぶると左右に首を振った。

やんわりとした空気を纏っているのに、とてつもなく怖い。本能が、この人に近づくなと警鐘を鳴らしている。

「いえ……大丈夫です。ありがとうございました。失礼します」

頭の中を、飛んで火に入る夏の虫……という一節が駆け巡る。ぶつけた頭もたいして痛くはないし、こんな危険な場所に長居は無用だ。

ぺこりと頭を下げた斗貴は、脱いでいたズボンに素早く足を通して、入ってきた時と同じグラウンド側に出た。

ストライクゾーンど真ん中だと一瞬でも期待しただけに、落胆は大きい。

アレは度胸試しにでも手を伸ばしてはいけない、危険物件だ。触らぬ神に祟《たた》りなし。遠くから眺めるだけにするべき、観賞用というやつだ。

「潤いを求めるなってことかぁ?」

力なくつぶやいた斗貴は真っ青な空を見上げて、未練がましく「あんなにカワイーのに」と零す。

仰向《あおむ》けていた顔を戻すと、グラウンドの真ん中あたりから、「とろとろしてんじゃねぇっ、ボケが!」という藤村の怒声が響いてきた。

砂埃が舞う中、よろめく訓練生を生き生きと蹴りつけている。実に楽しそうだ。

「はぁあ。医務室で身の危険にさらされるより、コッチのがマシかぁ」

ここで突っ立っていても仕方がない。熊のところに戻ろう。

《三》

最初は、微妙に好みから外れた男ばかりでつまらない……と思っていた寮生活だが、一ヶ月もする頃にはそれなりに慣れてしまった。

斗貴と変わらないくらい、同性との関係に垣根の低い感覚を持った人間も少なくない。身体の欲求を満たす方法も、なんとかなるものだ。

「橘、まだ足りない……」

しなやかな身体つきの青年が、薄暗い廊下に座り込んだ斗貴の腿を跨《また》ぐ形で座っている。甘えの滲む潜めた声で訴えられて、斗貴はため息をついた。

「……おれ、眠《ねみ》ぃんだけど」

欲求が満たされれば、ベタベタするのは鬱陶しい。やっと忍び寄ってきた眠りの気配が薄れないうちに、ベッドに入りたい……。

自分勝手なことはわかっているけれど、彼も割り切った関係であることは最初から承知しているはずだ。

「ン、橘はそのままでいいから。手だけ貸して」

斗貴の手を握った青年は、自分の手ごと脚のあいだに導いた。じっとりとした屹立《きつりつ》をゆるく握り込んでやると、ピクッと肩を揺らす。

「っ……」

眉を寄せ、何度か手を動かしたけれど、もどかしくなったように自分の身体を揺らし始めた。

目を閉じて心地よさそうに吐息を漏らす様を、斗貴は無表情で見やった。

……つまらない。

名前も覚えていない他クラスの青年とは、三度目の逢瀬《おうせ》になるが……街で夜遊びをしていた時のような高揚感は、まるでない。

隠さない斗貴の奔放さを知り、誘ってきた人間と何人か寝てみたけれど、事後には他愛のない会話をするのも面倒になる。

あらかじめ定めたルール……斗貴を組み伏せようとするのはNGだという約束を、無視して押し倒してこようとするヤツらとの攻防にも疲れた。

まさか、昼間の運動で性的欲求が健全に解消されているわけではないだろうな。

これまでにない自分の淡泊さに、そんなことまで考えてしまう。

「あっ、も……出そう」

「ぁあ？　待てっ。タオル」

汚されると面倒なので、用意してあったタオルを押しつける。おざなりに屹立の先端を指先で弄《いじ》ってやると、青年は呆気なく白濁を弾けさせた。

斗貴は取り戻した手をタオルの隅で拭い、小さく嘆息する。

「もういいか？　部屋に帰って寝るから、悪いが退《ど》いてくれ」

唇を寄せてきた青年の頭を押し戻しながら、斗貴は淡々とした声で口にした。とろりとした目で斗貴を見ていた青年が、キッと目つきを鋭くする。

「冷たいな……」

「最初に言ってあるだろ。おれは、優しくないって。必要以上にベタベタしたくないし、恋愛するつもりもないって言ったよな。文句があるなら、他に相手してくれる優しいヤツを見つけろよ」

斗貴の言葉に唇を噛むと、青年はのろのろと身体を離した。互いに無言で服の乱れを直し、埃っぽい廊下から立ち上がる。

十一時の消灯後にここに来たので、今は午前一時を過ぎている頃だろうか。

「じゃあ、またな。溜まったら誘ってくれ。オヤスミ」

何事もなかったかのように笑って彼に背中を向け、階段を降りた。睨まれているのはわかっていたが、振り返る気もない。

三階から鍵のかかった屋上へ続く階段の踊り場は、深夜ともなれば誰も通りかからないので絶好の逢引《あいび》き場所だ。

埃っぽいのが難点だが、他にいい場所を見つけられないのだから仕方がない。四人部屋というのは、どうにも不便だ。

来年になって二期目に入れば、狭くても個室が与えられるという話なので、それを待つしかないか……。

ぼんやりと考えながら自室のある一階へ降りきった斗貴の前に、ぬっと大柄な人影が現れた。

「うわ！」

思わず情けない声を上げてしまい、慌てて自分の手で口を塞《ふさ》いだ。

よく見ると、影の主は藤村だ。廊下の窓から差し込む月明かりに映し出されて、実際よりも大きく見えたらしい。

「そんなに驚いたか？」

「黙って目の前に出てこられたら、誰だってビビるだろっ。なにしてんだよ」

驚いた姿を見られてしまったことが恥ずかしくて、斗貴は潜めた声で言いながら藤村を睨みつけた。

「見回りだよ。小柄でカワイイのが、暗がりに連れ込まれてないか……って面倒な事件が、毎年この時期に一回はあるからな。おまえこそ、こんな時間になにやってんだ」

「……便所だよ」

いつから藤村がここにいたのかはわからないが、もしかして会話を聞かれていただろうか。静かな深夜というだけでなく、階段は声の通りがいいので、聞こえていても不思議ではない。

下手《へた》なコトを言えば、墓穴を掘る羽目《はめ》になりそうだ。斗貴は余計なことを口にせず、「じゃ」と藤村の脇をすり抜けようとした。

直後。

「待て、橘」

痛いくらいの力でグッと腕を掴まれて、仕方なく足を止める。

先手必勝とばかりに「なんだよ」と睨みつけた斗貴に、藤村は緊張感のない声でふざけた台詞《せりふ》を口にした。

「ふらふら寄り道しねぇで、おとなしく部屋に戻って寝ろよ。オバケが出るぞ」

「オッサンも、早く寝た方がいいんじゃね？　年寄りは睡眠不足だとキツイだろ」

オバケだって？　……あほらしい。

子供扱いされた意趣返しに、オッサン呼ばわりをして舌を出した。ふんと鼻を鳴らした藤村は、手を伸ばしてきて斗貴の髪を手荒にかき乱す。

「よしよし、坊や。添い寝してやろっか？」

「……な、ッ！」

言葉の終わりと同時に強い力で腰を抱き寄せられ……気がつけば、藤村の端整な顔が至近距離にあった。

危機を感じた斗貴が身体を逃がそうとするより早く、意地の悪い笑みを浮かべた藤村が唇を寄せてくる。

「待てっ、ぅ……」

仰け反ろうとした頭を大きな手で掴まれて、噛みつくように唇を塞がれた。とんでもない手際のよさだ。

抗《あらが》う間もなく、文句を言おうと開きかけていた唇の隙間から、無遠慮に舌が割り込んでくる。

「ッ、ん……んっ！」

なにをどうやっているのか、さほど強い力で抱き寄せられているわけではないのに、藤村の腕から逃げることができない。

ギュッと目を閉じると、視覚からの情報が遮断された分、藤村の身体つきがリアルに伝わってくる。

斗貴が寄りかかってもビクともしない胸板……それに、見かけよりずっと厚みのある肩。腰の周りもガッシリとしている……。

自分では鍛えているつもりでも、なかなか少年の域から抜け出ることのできない斗貴とは、比べものにならないほど『男』の身体だ。

もがいているあいだに藤村の舌が絡みついてきて、斗貴はゆるく眉を寄せた。

「んんっ！　……ァ」

触れてくる手は荒っぽいのに、キスは意外なほど優しかった。口腔《こうこう》の粘膜をくすぐるように舐《な》められると、勝手にビクビクと肩が強張る。

小さな水音を立てて舌に吸いつかれ、眉間《みけん》の縦皺《たてじわ》を深くする。

ヤバイ。気持ちいい……。

斗貴は突き放そうとしていた手で藤村が着ているＴシャツの裾を握り、流されないようそこに意識を集中させた。

元々、人間は快楽に弱くできている。自慢にならないが、斗貴は普通の人に輪をかけて快楽に負けやすいという自覚があった。

「ふ……っ、ぁ」

甘い痺《しび》れが身体を駆け巡り、相手が藤村だということも忘れて心地よさに溺《おぼ》れそうになってしまう。

「なんて顔しやがる。エロガキ」

唇を解放した藤村が揶揄《やゆ》する口調でつぶやかなければ、更なる快楽を求めて自分から藤村

の唇に吸いついていたかもしれない。

「……な、にすんだ、スケベジジイ！」

一瞬で我に返り慌てて飛びのいた斗貴は、右手の甲で濡《ぬ》れた唇を拭う。ゼイゼイと肩で息をつきながら、藤村の整った顔を睨み上げた。

窓から差し込む月明かりの下、藤村は平然とした顔で斗貴を眺めている。

「不満そうな顔をしていたから、おやすみのキスがないと寝られねぇのかと思って。親切心だよ。なんだ、もっとしてほしいのか？」

硬い指先で、キスの感触を刻み込むように唇に触れられ、慌ててその手を叩き落とした。ペチッといういい音が響く。

「どこが親切だ。ふざけんな！　タチの悪い嫌がらせしてんじゃねーよっ！」

斗貴が猫なら、爪《つめ》を立てて背中や尻尾の毛を思い切り膨らませているだろう。なにより……ここが薄暗い廊下でよかった。首から上が熱いので、頬が赤くなっているかもしれない。

「うるせぇ。キス一つでギャーギャー言うな。女子中学生か、おまえは」

「そういう問題じゃないだろ。覚えてろよ！　仕返ししてやるからな」

斗貴は自分でも、それはどうだろう……と思う陳腐な捨て台詞を残して、藤村に背中を向けた。

一度も振り返らなかったので、尻尾を巻いて逃げ出す斗貴に藤村がどんな顔をしていたのか確かめようもないが、憎たらしい薄ら笑いを浮かべていたに決まっている。

早足で廊下を歩くと、眠っている同室者を起こさないように足音を忍ばせて部屋に戻り、ベッドに身体を投げ出す。

ベッドの周りにあるカーテンを閉めてささやかなプライベート空間を作り、無意識に指先で唇へと触れた。

スッと指を滑らせると、じわりと身体が熱を上げる。

その前の踊り場での直接的な快感よりも、藤村のキスの余韻が色濃く斗貴の身体に残っているようだ。

なにより、からかっていたのか嫌がらせか……両方かもしれないキスに動揺する自分が、どうかしている。

「ちくしょ。なんなんだよ、あいつ……」

指先を噛んで口づけを思い起こす仕草を振り払い、枕に顔を埋《うず》めてつぶやいた。

熱くてやわらかい舌が、誘うように絡みついてきた。斗貴の舌にゆるく吸いつき、表面を辿っていく。

吐息まで奪うような、強引で……官能的な口づけだった。普段の粗暴さからは、想像もつかない。

数えるのも困難なほどいろんな人間と身体を合わせたけれど、斗貴はあんなキスを誰にもしたことがないし、されたこともない。

「どうか、してる……」

余韻を振り払おうとしても、じっとり纏わりついてくる。今でも唇がジンジンと痺れているみたいで、吐息が甘くかすれる。

「ッ、寝ろ。眠くなれ」

爪が手のひらに食い込むほど強く両手を握り締めると、身体を丸めて淫《みだ》らな衝動をやり過ごそうとした。

藤村のキスに煽《あお》られて自慰に耽《ふけ》るという屈辱的な真似《まね》は、絶対にしたくなかった。

□□□

うなじと額を流れる汗が、気持ち悪い。背中や胸元に、じっとりと湿ったTシャツが張りついているのも不快だ。

斗貴は、そろそろ疲れてきたな……と思いながら走る速度を落とした。

「おい、橘！　だらだらしてんじゃねぇ。気合いを入れて走りやがれ！」

それを待っていたようなタイミングで、バイクの排気音に負けない音量で言いながら、追い抜き様に竹刀で尻《しり》を叩かれる。

勾配のきつい山道を延々と走らされている斗貴は文句を言う気力もなく、傷だらけの黒いバイクに跨る藤村の背中を睨みつけた。

訓練生を走らせておいて、自分はバイクで伴走か。いい身分だ。

「そこの坂を下ったら海岸だ。着いたら一休みさせてやるから、ラストスパートかけろ」

斗貴の前でタイヤを軋《きし》ませながら大型バイクをUターンさせた藤村は、竹刀で目の前にあるゆるやかな坂の頂上を指してそう言うと、最後尾に向かって逆走していった。

ぜいぜいと息をつきながら、斗貴は最後だという坂を下った。

道の両脇に生い茂っていた雑木林を抜けると、白い砂と青い海が目の前に広がる。さすが太平洋。水平線までくっきりと見える。

やっと砂浜に辿り着いた斗貴は、粒子の細かい砂の上に大の字になって転がった。

海岸の砂は、太陽光をしっかり吸収しているので背中が熱い。髪の中までジャリジャリになりそうだけれど、気持ちいい。

「あー……死ぬかと思った」

斗貴の後から走ってきた連中が、同じように砂の上で寝転がる。

激しく脈打っていた心臓が少しずつ落ち着きを取り戻し、斗貴は息を整えながら上半身を起こした。

人数を数えると、三人ほど足りない。藤村の姿もないので、まだ坂道と格闘しているのだろう。

「橘、あれ……上の連中だよな」

隣に転がっていた同室の田村《たむら》が指差したのは、海の沖合いだった。よく見ると、小型ボートに伴われて泳いでいる人影がある。

周辺に人の住む島のない海で泳いでいるのだから、間違いなく養成所の人間だろう。

「ああ……黒と青はグラウンドにいたから、上の連中だろうな」

三クラスに分けられている一期目とは違い、二期目に入るとクラス分けがなくなる。リタイアしたり、定例テストで落とされたり、体調を崩して辞めたり……理由は様々だが、一年が経つ頃にはクラス分けができるほど人数が残らないからだという。

語学や実技を含んだテストは、月に一回。追試のチャンスは一度きり。単位を一つでも落としたら、即座に強制退去という厳しさだ。しかも、それまでの費用は一円単位で請求される。

先日行われた一度目の定例テストで、青と黒からは脱落者が出てしまったらしい。

幸い斗貴のいる赤クラスは全員がテストをパスしたが、シビアな現実を見せつけられたみたいだ。

「そーいや藤村って、ここのトコロにすげぇ傷跡あんの、知ってた？」

身体を起こした田村が、ここ……と言いながら自分の左上腕部を指差す。肩ギリギリの位置だ。

「知らねー。藤村って、いつも袖のあるTシャツを着てるか、左腕にバンダナ巻いてるからさ。おまえ、なんで知ってんの？」

偶然目にするならともかく、上腕部など意識して見る場所でもない。

田村が知っているのなら、そちらのほうが不思議だ。

「この前、スコールみたいな雨が降っただろ。みんな教室棟に入る前にシャツを脱いで、絞ったのを憶えてるか？　あの時、偶然見たんだけどさ……かなり深い、刃物の傷跡って感じでさぁ」

「へぇ」

密着した身体や、あの強烈なキスをうっかり思い出してしまいそうなので、あまり藤村に思考を向けたくない。訓練中なら、余計なことを考える余裕もないけれど……。

斗貴のそんな事情など知る由《よし》もない田村は、気のない相づちを打っても話し続ける。

「どうしたんだって聞いたら、ゲイだってカミングアウトした時に同性愛をタブーとしてる父親がキレて、切りつけられた……だってさ。笑いながらあっけらかんと言われても、誰が信じるかってんだ。まだ、人を殺そうとした時に抵抗されて……ってパターンのほうが信《しん》憑《ぴょう》性《せい》あるだろ」

「……物騒なこと、言うなよ」

人を殺そうと……という物騒な言葉に、斗貴は眉を寄せた。面白おかしく語っていいものではないだろう。

「そういう噂、知らねー？　藤村、かなりいい成績でこの養成所を卒業して、どこかの大使館に就職したんだってさ。なのに、二年で辞めて教官としてここに戻ってきた。無実の一般市民を殺した……とか、大使館員を殺した……とか、いろんな噂がある」

どれをとっても、信じ難い話だ。事実なら、国の機関である養成所で教官という職に就けるわけがない。

ため息をついた斗貴は、勢いよく田村に肩をぶつけた。

「バーカ。いい加減な噂を口にするなよ。だいたい、その話はどこから流れてきたんだ？」

「誰だったか……食堂のおばちゃんから聞いてきた……いや、違う。黒クラスのヤツがイッコ上の人から、噂の噂……って教えられた、かな」

「……どっちにしても、嘘《うそ》くせーよ」

とんでもなく胡散臭《うさんくさ》い。人から人へ伝わった噂は、伝言ゲーム状態で話が歪《ゆが》んだり膨らんだりするものだ。

斗貴がまったく取り合わないせいか、田村も「やっぱ、誰かが面白がって捏造《ねつぞう》した噂だよなぁ」とつぶやいた。

そこへ、タイミングよく耳に覚えのあるバイクの排気音が近づいてくる。

どうやら、遅れていた訓練生がやっと辿り着いたようだ。砂浜の手前でバイクの音が止まったかと思えば、よろよろと歩いてきた最後の一人が砂に膝をつく。

あまり役に立っているとは思えないが、一応クラス長としての責任を感じた斗貴は、荒い息をついているヤツの背中をゆっくりと撫でた。

「お疲れ。……大丈夫か？」

藤村の持つ、竹刀の餌食《えじき》になったのではないか……と心配して、殴《なぐ》られなかったかと声を潜めて尋ねる。

そんな斗貴に彼はゆっくりと首を横に振り、荒い吐息の合間に言い返してくる。

「いや……教官、体調悪い、なら……乗せてやる、って」

「ふーん？」

斗貴は、ゴホゴホと咳《せ》き込んだ背中を軽く叩いてやりながら、ずいぶんと扱いが違うじゃないか……と内心で唇を尖らせた。

斗貴が相手だと、ダラダラするなと怒鳴りながら竹刀で尻を叩いていったくせに。

まぁ……斗貴には余力があったのを見透かされたのだろうし、弱っている人間に追い討ちをかけないというのは、立派な心がけかもしれないが。

「全員いるかー？　普通に走るのはつまらんから、ビーチフラッグでもやるか。優勝者にはご褒美をやるぞ」

バイクを停めた藤村は、砂浜に転がっている斗貴たちを見下ろして持っていた竹刀を砂に突き立てた。

好意的に考えれば、訓練生に舐められないよう意識して振る舞っているのかもしれないが、相変わらず無駄に偉そうだ。

皮肉を込めて、君主サマめ……と心の中でつぶやく。

「……どうせなら、教官も参加してくださいよ」

斗貴が口にした言葉に、周りから拍手が沸く。

普段、偉そうに怒鳴られながら散々しごかれているので、いつかどうにかして藤村を負かしてやりたいと思っているのは斗貴だけではないようだ。

「そりゃ、構わんが。じゃ、勝ち抜きトーナメント制だな。まず、五人ずつ四班に分かれろ。上位二人が勝ち抜きで、次は四人ずつで準決勝。そこで勝った二人に俺が入って、最後は三人で決勝。これでいいか？」

拍子抜けするほどあっさりと了承した藤村に、斗貴はこっそりと闘志を燃やした。

今まで、一度も藤村に勝てていないのだ。

師範の腕を持つ空手でさえ負けた時は、初めて味わう敗北感に打ちひしがれて、夕食が喉を通らないほど悔しかった。

ここしばらくは、師匠である伯父にも負けていなかったのに、藤村には歯が立たなかったなんて……思い出したくない屈辱だ。

瞬発力が重要なビーチフラッグでは、身軽な斗貴のほうが有利だろう。パワーでは藤村に勝てないかもしれないが、反射神経と瞬発力には自信がある。

見てろよ……と、ほくそ笑んで藤村を見上げた瞬間、バッチリと視線が絡んだ。

斗貴が考えていることは、顔に出ていたのかもしれない。ニヤリと、唇に不遜《ふそん》かつ嫌味な笑みを浮かべた藤村を、思い切り睨みつけた。


砂浜に膝をつき、両手でさらさらとした細かい砂を握り締める。ガックリとうな垂れた斗貴の肩に、誰かが軽く手を置いた。

「橘、おまえは健闘したって。もう一息だったんだからさ。ありゃ、バケモノだ。勝てなくても仕方ない」

「あのガタイで身軽に動けるとは、想像つかねーもんなぁ。あいつは天狗《てんぐ》か」

ポン、ポン……と背中を叩かれながら、次々に慰めの言葉が降ってくる。

肩を落として、砂に半分埋もれた小さな貝殻を見つめていた斗貴の視界に、薄汚れた黒いシューズが映った。

「……己《おのれ》の非力を知ったからといって、そんなに落ち込むな。青少年」

藤村はふざけた口調で言いながら大きな手で斗貴の頭を撫でると、木の枝に結んでフラッグ代わりに使用していた赤いバンダナを斗貴の首に巻きつけてくる。

カワイーぞ、などと言いながら喉元でリボン結びにされても、反発する気力さえ残っていない。

「いつか……ぎゃふんと言わせてやるからな」

「ふん。楽しみにしててやるよ。百年後くらいか？」

顔を上げて奥歯を噛み締めた斗貴を、藤村は心底楽しそうな表情で眺めている。

……本当に、いい性格をしている。

屈めていた腰を伸ばした藤村は、ズボンについた砂を手で払うと、小高い山の上を指差した。

「レクリエーションは終わりだ。昼飯を挟んで、A教室で救急救命講習。食堂に砂を持ち込まないよう、飯の前に風呂へ入っておけよ。使用後の風呂掃除は、一回戦で脱落したヤッらで分担しろ。じゃ、軽くダッシュで戻るか」

自分はバイクに乗ればいいので、気楽なものだ。

ビーチフラッグで体力を消耗しているのに、更に起伏のある山道を駆け上ると考えただけで、疲労が倍に増すような気がする。

だらだらと砂浜から舗装された道路に出る斗貴たちに向かって、バイクに跨った藤村が思い出したように口を開いた。

「そういやおまえら、知ってたか？　食堂は、一時半を過ぎたら有無を言わさず飯を片づけられるぞ。夕飯の準備があるからなぁ。今から戻って、風呂に入ってたら……ギリギリの時間か？」

「……そういうことは、もっと早く言えよっ！」

もたもたとしている場合ではない。

これだけ運動しておいて、昼飯を食べ損ねたりしたら……エネルギー切れで動けなくなりそうだ。夕飯までの半日、水を飲んで空腹を誤魔化《ごまか》すことを想像するだけで血の気が引く。

「くそっ、やっぱり全力疾走かよ」

昼食を取り上げられるかも……という危機感に背中を押された斗貴たちは、必死で走って山の頂上にある養成所の施設を目指した。

□□□

なんとか昼飯を食べ損ねるという悲劇を回避できた午後は、予告されていた救急救命講習だ。基本的な処置方法のビデオを見せられた後、人形を使っての実践が待っていた。

高校を卒業する直前に普通免許を取得した斗貴は、教習所で習ったことをまだ憶えている。同じようなことをするのは、面倒だな……と思いつつ、床に横たわったリアルな人形を見下ろした。

「まずは意識の有無を確かめるために、肩を叩きながら呼びかける。意識がなければ、脈と呼吸、心音の確認だ。やってみろ。そうだな……クラス長、橘」

「ハイ」

名指しされた斗貴は、渋々と藤村の前にある人形の脇に屈み込んだ。

バカらしい……とは、思っても顔に出してはいけない。即座に、藤村の竹刀が振り下ろされるに決まっている。

それに、ここを修了して実際に誰かのガードにつく時のことを考えれば、心肺蘇生法はきちんと習得しておいたほうがいいとわかっている。

「この人形には、ジュリエットっていうラブリーな名前があるんだ。大きな声で、名前を呼びながらどうぞ」

「な……んだって？」

名前を呼べ……というのは、初耳だ。

自動車教習所では、見知らぬ通行人という設定で「もしもーし。大丈夫ですかー？」と呼びかけていたのだから。

しかも……ジュリエット。斗貴への、地味な嫌がらせだとしか思えない。

まさか、ビーチフラッグの時にドサクサに紛れて足を蹴ったのが、バレていたのだろうか。

それとも、数日前の夕食の時に偶然隣り合わせになった際、よそ見をしたのを見計らって藤村の麻婆豆腐《マーボーどうふ》にたっぷり一味唐辛子《いちみとうがらし》を振りかけたのが、見えていた……とか。

いや、それより……。

硬直した斗貴が記憶を掘り起こしていると、藤村は嬉々《きき》とした声で、

「ほら、ジュリエットー！　だ」

などと言いながら、斗貴の背中を叩いて促した。

仕返しの嫌がらせをされる心当たりがありすぎて、逆らうことができない。

自分と人形を囲む同じクラスの訓練生をそろりと見回すと、必死で笑いを耐えているよう

な顔で目だけを期待に輝かせている。

他人事《ひとごと》だと思って、面白がりやがって。ワクワクした空気が隠せてねぇんだよ。

「チッ、やってやるよっ。やればいいんだろ」

笑いものになる覚悟を決めた斗貴は、スッと息を吸い込んで人形の肩を叩いた。

投げやりな口調でも、きちんと「ジュリエット！」と呼びかけた自分は、偉いのでは……

と頬を歪めながら。

無機質な人形と何度もキス……いや、呼気を吹き込むために厚いビニール越しとはいえ唇をつけたせいで、なんとも形容し難い感触が唇に残っている。

人形と絡んで嬉しがる特殊な性癖を持ち合わせていない斗貴は、やっぱり唇を合わせるなら血の通った生身の人間がいいと思いながら、手の甲で唇を拭った。

止血法や心肺蘇生法を含めた救急救命講習は、一、二ヵ月に一度の割合で定期的にあるらしいけれど、斗貴はもう人工呼吸はいい……という気分だ。しっかり習得したという自信がある。

「ああ、おい。橘」

片づけをして部屋を出ようとした斗貴の背中を、通りのいい声が追いかけてくる。

気に食わない相手でも、教官サマだ。無視することはできなくて、足を止めてゆっくりと振り返った。

「……なんですか、教官」

ただ、面倒だという表情が取り繕《つくろ》えないのは、まだまだ人生修行が足りないということで許してもらおう。

「おまえ今日、晩飯が終わったら俺の部屋へ来い」

「はぁ、なんで……」

理由を告げられず呼びつけられるのが不思議で、思わず聞き返す。ジロッと斗貴を見下ろした藤村は、否を許さない口調で続けた。

「なんでもかんでもいいから、来やがれ」

「……はい」

おとなしく従うのは悔しいが、逆らうだけの材料がない。仕方なくうなずくと、藤村は満足そうに斗貴を一瞥《いちべつ》して部屋を出て行った。

さっきの言い様といい、どんな時でも偉そうな男だ。

ため息をついた斗貴は、夕日の差し込む窓から何気なく外を眺めた。

養成所の施設は山の上にあるせいで、建物の場所と天気によっては木々の向こうに海を見ることができる。夕暮れ時の今は、空のオレンジ色が海に映り、不思議な色合いになっていた。

ホームシックなど、帰る家のない斗貴には無縁なもののはずなのに、こういう風景を見ていたらうまく言葉では形容できない寂寥《せきりょう》感が込み上げてくる。

こんな気分の時は、人のぬくもりを感じるのが一番だ。

呼びつけられた藤村の部屋からは早々に退散して、誰かに声をかけよう……。

斗貴はそう決め込むと、奇妙な気分にさせられた窓から目を背けて踵を返した。


夕食が終わると、寮内は雑然とした雰囲気になる。食堂に残ってテレビを見たり、少しでも空いている時間を見計らって風呂に入ったり……テキストを持参して、食堂のテーブルの隅で自習している訓練生もいる。

食器を返却口に返して食堂を出て行こうとする斗貴に、同じ赤クラスの訓練生が声をかけてきた。

「あれ、橘、テレビ見ねぇの？」

「……藤村教官に呼び出されてんだよ」

お気の毒……という言葉に送られて、廊下へ出る。教官たち職員の部屋がある棟へ行くには、渡り廊下を通らなければならない。

部屋の場所は教えられていても、藤村の居室を訪れるのは初めてだった。

憂鬱さよりも、どんな部屋だ？　という好奇心が勝る。藤村というプレートの出ている部屋の前に立った斗貴は、勢いよくドアに拳を打ちつけた。

斗貴が訪ねてくるのがわかっていたからか、誰だと尋ねられることもなく内側から扉が開かれる。

「入れ」

スウェットの上下というくつろいだ格好の藤村は、短く口にして斗貴を手招いた。藤村のプライベート空間に足を踏み入れることに、少しだけ躊躇いながら中へ入る。

「お邪魔、します」

おずおずと口にしながら靴を脱ぎ、そろりと足を上げた。

四人部屋に詰め込まれている斗貴たちとは違い、教官の居室はアパートの一室のようなつくりだった。

狭いながら玄関はあるし、ユニットバスまで備えつけられているようだ。訓練生とは扱いが違うのは当然だろうけど、キッチンスペースに冷蔵庫があったりテレビがあったり…というのを目の当《ま》たりにすると、羨ましくなってくる。

しかも、通されたリビングとは別に寝室らしき部屋がもう一つあるらしい。

八畳ほどの狭いワンルームに四つのベッドを並べられ、プライベート空間はカーテンを引いたベッドの上だけ、という自分たちの境遇とあまりにも違いすぎるのは……まぁ、仕方がないか。

「飲めねぇってんじゃないんだろ」

冷蔵庫から出した冷たい缶ビールを差し出され、ちゃっかりと受け取りながら斗貴は心の中で「おいおい、いいのか教官」とつぶやいた。

「つーか……コレ、どこで入手したんだよ」

この島に、コンビニや商店は一軒もないのだ。

簡単な日用品を置いている売店は養成所の敷地内にあっても、アルコールや煙草《たばこ》などの嗜《し》好品《こうひん》は見たことがない。

このビールをどうやって手に入れたのか、純粋に疑問だ。

「週に一度の食料運搬船。必要なもののメモを渡しておいたら、次に来る時に持ってきてくれる。定例テストの監督に来る試験官に、コッソリ差し入れを頼むという裏技もある」

藤村の答えは、至極尤《しごくもっと》もだった。

なるほど、そう言われれば不思議でもなんでもない。

くれるというのだから遠慮なくいただくことにして、ラグに腰を下ろした斗貴は缶ビールのプルトップを開けた。

口をつけると、久し振りの苦味が舌の上に広がる。

「わざわざ呼び出して、なんの用だよ」

斗貴はビールで喉を湿らせて、正面に腰を下ろした藤村に目を向けた。

まるで水を飲むように缶ビールを傾けていた藤村は、缶を床に置いて小さく息をついた。

「あまり、こういうのに口を出したくはないけどな……」

その言い出しだけで、斗貴はなんの話か予想がついてしまった。最初に鉢合わせた日以来、藤村とは何度か寮内で夜中にバッタリと顔を合わせているのだ。斗貴の褒《ほ》められたものではない『交友関係』が、バレていても不思議ではない。

「あちこちに手を出すな……デスかー?」

わざと茶化した言い方で藤村の言葉を継ぐと、無言で伸びてきた手に頭を殴られる。

「いてっ。人の脳細胞、殺すなよ」

斗貴はジンジンとする頭をさすりながら、唇を尖らせた。

頭を抱えた腕の下から、そろりと藤村を窺《うかが》い見る。残っていたビールを一気に喉に流し込んだかと思えば、ジロッと斗貴を睨みつけてきた。

「ここは閉鎖的なところだ。擬似恋愛は毎年あるし、若い男ばっかりだから性欲を持て余すっていうのもわからなくはない。おまえらも子供じゃないし、互いに納得済みなら俺が口を出す問題でもねぇ。ただし、おまえ……この前、定例テストの試験監督に来ていた試験官に手ぇ出しただろ」

「げっ、なんで知って……」

外部からやって来た試験監督の一人に、好みの顔をした若い女性がいたのだ。何度か目が合い……脈アリかなと思った斗貴が誘うと、予想よりあっさり腕に落ちてきた。

そうして、据《す》え膳《ぜん》をおいしくいただいてしまったのだが……藤村に知られているとは思わなかった。

「バレるに決まってんだろうが、ボケが。おまえ、無人なのをいいことに医務室のベッド使っただろ。石原先生が呆《あき》れてたぞ。今回は俺と石原先生の胸の中に納めておくが、他の教官や試験官にバレていたら強制退去処分だったろうよ」

呆れた口調で言いながら、床に投げ出していた足を蹴られる。

言い訳することもできなくて、斗貴はバサバサと自分の髪をかき乱した。さすがにコレは気まずい。

「クラス長が、率先して寮内の秩序を乱してどうする。おまえは猿か。ちったぁ我慢を覚えろ」

「……だってさ、あんただって溜まるだろっ？　どうやって発散してるんだよ」

はぐらかされるかな……と思いつつ苦し紛れに藤村に尋ねたが、飄々《ひょうひょう》とした調子であっさりと答えが返ってくる。

「自家発電。もしくは、俺らは二ヵ月に一回休暇で島の外に出られるからな……。その時にヤリだめしておく」

「ずりぃ」

思わずつぶやくと、藤村は鋭い目で斗貴を睨みつけてきた。

拳が振り下ろされるかと咄嗟に顔面をガードしたけれど、飛んできたのは嫌味なほど長い足だった。

容赦なく脛《すね》を蹴られて、「イテテ」と顔を顰《しか》める。

「おまえは、ここにナニをしにきている？　自由がないことなんざ、入る前からわかりきってただろうが。それでも外国の傭兵《ようへい》訓練所に比べたら、ずっとマシな環境だぞ。衣食住の不自由はないし、うっかり死ぬ目に遭うこともないんだ」

「わ……かってるよ。スミマセンでした！　でもあんたなら、下半身が理性でコントロールできるか？」

「それをするのが人間だろうが。偉そうに言えることかっ」

でもさー……と、ぶつぶつ藤村に聞こえない音量でつぶやいていた斗貴の足首が、唐突に摑まれる。

「ひゃっ、なんだよっっ！」

なにごとかと思えば、藤村が薄い笑みを浮かべながら斗貴ににじり寄ってきた。なんとなく、嫌ぁな雰囲気だ。

「よし、わかった。どうしてもヤりたいってんなら、俺が相手してやる。他の誰とやるより後腐れがないと思うぞ。だから、無節操に誘いかけるなよ」

「は……あ？」

一瞬、言われた言葉の意味がわからなかった。三度頭の中で復唱して、ようやく脳が理解する。

「えー……っと」

床に尻をつけたまま後ずさりをした斗貴を見下ろしながら、無言の藤村は表情を変えることなく距離を詰めてきた。

ズイッと端整な顔を寄せられて、反射的に上半身を仰け反らせる。

「タチの悪い冗談、言ってんじゃねーよ」

強気で口にしたつもりが、なんとなく弱い声色になってしまった。怯《ひる》んだと思われればマズイ……と頭を過《よぎ》った直後、藤村が唇の端を吊《つ》り上げる。

「なんだ、ビビッてんのか？」

ふん、と鼻で笑われて斗貴のプライドが揺さぶられた。

藤村相手に、怯《おび》えていると思われるのは業腹《ごうはら》だ。かといって、このままこの男の言いなりになるのは冗談ではない。

「じゃなくて、おれはやらせる気はないからな。あんたがさせてくれるっていうなら、考えるけど」

どうだ、押し倒されるのはゴメンだろう……と、蛍光灯の光を遮って斗貴を覗き込んでくる藤村を見上げる。

強がって笑ったつもりだが、うまく笑えていたかどうかはわからない。

中途半端な体勢を支えていた腹筋が限界を訴えたけれど、床に両肘をついてなんとか無様に転がるのだけは阻止した。

ただ、この状態では藤村に覆いかぶさられているみたいで、気分はよくない。

「ふーん。まぁ、いい。できるならどうぞ?」

「は……マジで?」

あまりにも拍子抜けする返答に、斗貴は間抜けな声で聞き返してしまった。

まさか、藤村がその条件を呑むとは思わなかった。言い出した斗貴のほうが、狼狽《ろうばい》してしまう。

「……ああ。できるなら、な」

グッと腕を引かれて、中途半端な体勢だった身体を起こされる。藤村と向かい合う形になり、マジマジと全身を眺めた。

顔は、文句のつけようがないほど整ったものだ。認めるのは悔しいけれど、この手の容姿は嫌いじゃない。この島に来た日、坂の途中で初めて藤村と顔を合わせた時は、腹立たしくも見惚《みと》れてしまった。

斗貴より十センチあまり上背があるのは多少気になるポイントだが、いい身体をしていても不自然に筋肉質というほどではない。骨が当たるような貧相な身体より、適度な筋肉があるほうが抱き心地はいいのだから。

なにより、普段偉そうにふんぞり返っている藤村を組み敷くことができたら……それ以上愉快なことなどないのでは。

これから先、こんなチャンスがそうそう転がっているとも思えないし……。

先日のキスは、あまりにも不意打ちだったからされるがままになってしまったけれど、最初からそのつもりなら負ける気はしない。

踏んだ場数は相当数に上るし、セックスに関しては、多少……かなり自信がある。押し倒してしまえば、あとはどうにかなるはずだ。

藤村を乱れさせることができたら……数え切れないほど竹刀で尻を叩かれたことへの、腹いせになる。

そこまで考えた斗貴は、にんまりとゆるみそうになる頬をなんとか引き締めて、藤村に向き直った。

「あとで、やっぱりヤメ……っていうのは無しだからな」

「その言葉、そっくりそのままおまえに返してやる。やるか?」

そう言って笑った藤村の表情からは、なにを考えているのか……斗貴には読み取ることができない。

「や、やるよ」

斗貴はコクンと一つ喉を鳴らして、今からケンカを始めるような心境で藤村に手を伸ばした。

言葉ではうまく言い表すことのできない、不思議な感じだった。

リビングから寝室に場所を移動して、狭いパイプベッドの上で向かい合う。肩を押して藤村をベッドに倒すと、その上にのしかかった。

自分よりガタイのいい男を押し倒すというのは、あまりないことで……身体の構造は同じはずなのに、どこから手をつけるべきか躊躇《ちゅうちょ》してしまう。

「おい、なにもたもたやってんだ？」

藤村にからかう調子で言われてしまい、ギッと睨みつけた。

こちらを見る目は……成り行きを面白がっている。

「うるせーな。あんたは黙って転がってろよ」

「ハイハイ」

軽く返事をした藤村は、小さく笑ってベッドに長い腕を投げ出した。藤村が両手を伸ばすと、ベッドの端からはみ出してしまう。

まずは、オーソドックスにキスだろうか。

斗貴は藤村の足を跨いで膝立ちになり、うろうろと視線をさ迷わせながら考えた。ベッドに手をつき、ゆっくりと顔を寄せて藤村と唇を重ね合わせる。視覚から入ってくるものを遮断してしまえば、相手が大男だという違和感はあまりない。

「ッ……！」

様子見で軽く触れ合わせていた唇を離そうとすると、藤村の手に頭を引き寄せられ、深く唇を結ぶことになってしまった。

あたたかく、やわらかい舌が絡みついてくる。怯みそうになる自分を奮い立たせて、意地で深い口づけに応《こた》えた。

「ン、ぅ……」

舌が甘く痺れて、頭の中がぼんやりとしてくる。

……ヤバい。前回の二の舞を演じる。

このままでは、藤村になにかするどころではなくなってしまう……という危機を感じた斗貴は、口づけを解いて藤村のうなじに顔を埋めた。

見た目の印象より、髪がやわらかい。少し猫毛なのか、近くで見ると髪の生え際にゆるくクセが出ていた。

耳の下に軽く唇を押し当てて、反応を窺う。薄い皮膚《ひふ》を舌先でくすぐると、軽く藤村の肩が揺れた。

「感じる……とか？」

「……くすぐってぇ」

潜めた声に色気のない言葉が返ってきて、斗貴はムッと眉を寄せた。

絶対に、意地でも感じさせてやる……。

そう思いながら、藤村の着ているTシャツの裾から手を潜り込ませた。

汗の浮かんでいないさらりとした肌《はだ》は、興奮していない証拠だ。プライドを刺激され、もぞもぞと手を動かしながら首筋へのキスを再開させた。

軽く耳朶《じだ》に噛みつきながら、舌先で舐め濡らす。探り当てた胸の突起を指先で弄りつつ、右足の腿を藤村の股間《こかん》に押しつけた。

……まだ、反応している感じではない。

「橘」

「ん……？」

乳児が哺乳瓶《ほにゅうびん》に吸いつくように、夢中になってやわらかい藤村の耳朶を含んでいると、低い声で名前を呼ばれた。

同時に後頭部を軽く叩かれて、のろのろと顔を上げる。

「チューチューと、色気なく吸いつきやがって。おまえは赤ん坊か。単調でつまらん。ヘタクソ」

「な……っ⁉」

ヘタクソなんて、今まで一度も言われたことがない。屈辱だ。

あんまりな言葉に斗貴が言い返すより早く、藤村が腹筋だけで上半身を起こした。乗り上げていた斗貴は、勢いで後ろに転がってしまう。

ヤバい……と思った時には、体勢が逆転していた。

「ちょ……どけよっ。お、おれを押さえつけるなっ！」

「おまえみたいに恐る恐るやられたんじゃ、感じるもクソもねぇよ。手本を見せてやる」

凶悪な笑みを浮かべながら、藤村が唇を寄せてきた。押し返そうとした手はベッドに押さえつけられていて、ピクリとも動かない。

唇が重なる前に舌が伸びてきて、ペロリと舐め濡らされる。

「っ、ぅ……！」

一瞬、斗貴が怯んだ気配が伝わったのだろうか。容赦なく唇を塞がれて、口腔に舌が潜り込んできた。

まるで、斗貴のキスなどオママゴトだ……と言わんばかりの、喰《く》らい尽くすような激しい口づけだ。

搦《から》め捕られた舌がジンジンと痺れたようになり、溺れないようにするのがやっとだった。

やり返すどころではなくなってしまう。

「ッ、ン……ン」

先ほどの斗貴の手管を真似てか、藤村の手がTシャツの裾から潜り込んでくる。大きな手でじっくりと肌を撫でながら、じわじわと這い上がってきた。

指先が胸の突起をかすめ、ビクッと身体を強張らせてしまう。藤村は気づいたはずなのにそれを無視して、指先で弄り始めた。

「ぁ、っく……」

ビリッと鋭い電流のようなものが首筋を這い上がり、頭を横に向けて口づけから逃れた斗貴は奥歯を噛み締めた。

今まで、一度も誰かに触れられたことがないとは言わない。けれどそれは、じゃれ合うような戯れの一環だった。

こんなふうに、身体の奥底に眠る官能を呼び覚まそうとする淫らな手つきで触れられたのは、初めてだ。

「いい感じに硬くなってきた。感じるんだろ?」

「だ……っれが」

グッと指先で硬くなった乳首を押し潰しながら、揶揄する口調で問われ……斗貴は頭を振って否定した。

このままでは、本格的にマズイような気がする。ここはひとまず、藤村の下から逃げなければ。

「おまえは生ぬるいんだよ。相手を屈服させるつもりなら、とことんやらねぇと」

「あ……っ、ゃ、め……っ！」

もぞもぞと身体を動かす斗貴を見下ろした藤村は、猛獣が舌なめずりをするようにペロッと自分の唇の端を舐めて首筋に噛みついてきた。

屈服させる……という言葉そのままに、喉元の急所を狙って軽く歯を立てられる。

「ぃ……た。藤……む、らっ」

それほど痛いわけではなかったが、ゾクゾクと肌が粟立《あわだ》つ感覚を誤魔化すように「痛い」と口にする。

震える手で黒髪を摑んでも、引き剝《は》がすだけの力が入らない。脚のあいだに藤村の膝が割り込んできて、じわっと股間を圧迫された。

「んっ！」

ビクンと身体を硬直させると、この状態の斗貴は逃げられないと思ったのか、噛みつかれていた喉から口づけが移動する。

「あっ……ぁ、っは」

耳の後ろ側、髪に隠れて見えない位置に痛いくらいの強さで吸いつかれ、意図せずに身体がベッドから跳ねた。

自分から藤村の脚に腰を押しつけるような体勢になってしまい、カーッと身体が熱くなる。

……バレた。今のは、絶対にバレた。

身を竦《すく》ませる斗貴に、藤村は容赦なく追い討ちをかけてくる。

「……なんだ、もうこんなに勃《た》たせてんのか。下、脱いだほうがよくないか？」

「う、うるさいっ」

「おまえのために言ってんだよ。早朝のランドリー室で、汚れたパンツを握り締めているところで他のヤツと鉢合わせたら……恥ずかしいぞ？」

しゃべりながら何度も腿を押しつけられ、どんどんそこが危機的な状況になっていくのがわかる。

できるものなら、脱いでしまいたい……。

でも、この場面で脱いでしまうと、ますますのっぴきならないことになりそうだ……と予測することができるくらいの理性は、まだ残っている。

「なぁ、脱がせてやるから、ケツ浮かせろよ」

斗貴の穿《は》いているハーフパンツのウエストをグッと掴みながら、藤村が低く笑う。指先が臍の下あたりに触れ、ビクッと腰を跳ね上げた。

もう、ダメだ……と心の中で白旗を揚げた斗貴は、必死で首を横に振った。

「い、いいっ。もう、やめよう。あんただって、おれみたいなのを相手にしてもつまんねーだろ？」

「そうでもないぞ。おまえみたいなのは、泣かせてやりたくなる……って最初に言ったと思うが」

当初の目的とは違う方向に向かっている。そう思った斗貴が引き返そうとしても、藤村は飄々と笑うのみだった。

恐ろしい手際のよさで、斗貴の下肢《かし》から下着と一緒にハーフパンツを抜き取る。

「へぇ……」

しかも、観察するようにマジマジと脚のあいだを覗き込みながらつぶやかれて、下半身にコンプレックスなど感じたことのない斗貴は狼狽《うろた》えた。

「な、なんだよっ。マジマジと見るなっ」

手を伸ばして藤村の視線から隠そうとしても、あっさり振り払われてしまう。

「いや、遊んでるってわりにカワイイなぁ……と思って。まだまだお子様だな」

「な……っ、そういうあんたはどれだけのモンだよっ！」

クスリと笑いながらの感想に、斗貴は覆いかぶさっている藤村のスウェットへと手を伸ばした。

躊躇いは一瞬で、指先に引っ掛けたズボンのウエストを引き下ろす。

「…………」

「なに黙ってんだよ。ああ？」

思わず言葉をなくした斗貴を、藤村は人の悪い笑みを浮かべながら見下ろした。

……ほとんど反応していない状態であのサイズだなんて……反則だ。

こんなところで勝ち負けを争うのは、バカらしいとわかっている。それでも、なんとも言いようのない敗北感が込み上げてきて、うなじに冷たい汗が滲んだ。

「まっ、待て。触んな……ッ」

斗貴の力ない制止など完全に無視して、藤村の手が腿の内側を這い上がってきた。太い手首を摑んでも、無遠慮な手は止まらない。

藤村の脚を挟む体勢になっているせいで膝を閉じることもできず、呆気なく長い指が屹立に絡みついてくる。

力を失いかけていたそこは、無骨な印象のわりにやんわりと触れてくる長い指に駆り立てられ、あっという間に硬度を取り戻した。

「若いな」

ふっと鼻で笑いながらからかう口調で言われて、斗貴は全身が熱くなるのを感じた。

今まで、数え切れないくらいの人間と肌を重ねた。なのに……これほど恥ずかしいと思ったのは、初めてかもしれない。

これまでは常に、自分が攻める立場にいたせいだろうか。いつもどこかに余裕を残していて、溺れきったこともないのに。

「クソ生意気だと思っていたが、そんな顔をすると可愛いじゃねぇか。ほら…もっと素直に喘《あえ》いでみろよ」

「ッ、ッ……っく」

誰が、この男の思いどおりになどなってやるか。

斗貴は力の入らない右腕をなんとか持ち上げて、顔を隠しながら奥歯を強く嚙み締めた。

そうして虚勢を張っていても、心を置き去りにして身体はどんどん熱を上げていく。

「ぁ……」

Tシャツを捲《まく》り上げられたかと思えば、腕を上げたせいでガードがガラ空きになっている胸元を吐息がかすめた。

「ン……ッ、ぁ」

散々指で弄られていた胸の突起が、あたたかく濡れた感触に包まれる。ぞわっと一瞬で全身の産毛《うぶげ》が逆立って、反射的に上半身をよじった。

そんな斗貴の反応に気づいているはずなのに、藤村は離れるどころかますます小さな突起に吸いついてくる。

「イタ、あ……ぁ！」

前歯で甘噛みしながら舌先で転がされ、ビクビクと身体を震わせた。

痛いと思ったのに、次の瞬間には別の感覚に取って代わる。この、ジンと痺れるような熱は、なんだ？

斗貴が混乱に惑っているあいだも、屹立に絡んだ指はじわじわと動き続け、更に追い詰めようとしている。

「おい、声……聞かせろよ。寝室側の隣は空き部屋だから、気にすることたねぇぞ」

顔を上げた藤村は、歯を食い縛っている斗貴の唇をチラリと舐めて低く口にする。

聞かせろと言われたからといって、ハイハイと従うほど理性を飛ばしていない。むしろ、更に意固地になって顔を背けた。

「可愛い態度だなぁ。だから、泣かせたくなるんだ」

「う……っそ、だろ。ゃめ……っ、っゃ！」

グッと両方の膝を掴んで割り開かれたと思った瞬間、屹立がぬるりとしたあたたかいものに包まれていた。

ビクッと腿の筋肉が強張って、反射的に閉じようとする。腿のあいだにある藤村の肩に阻まれ、意味のない動きだったが……。

「ッく……ぁ、ぁ……っふ、ぅあ！」

逃げようという気力を奪おうとしてか、最初から遠慮容赦なく舌が絡みついてくる。

尖らせた舌先が、弱い部分を探すようにじっくりと先端を辿り、甘い痺れが腰から波紋のように広がった。

「ぅ、あ！　ン……ンッ」

抗いようのない快楽に飲み込まれた斗貴は、後頭部をシーツに擦《こす》りつけながら、背中を浮かせた。

吐息が喉を焼くようだ。唇を開いて熱っぽく荒い呼気を繰り返すせいで、喉がカラカラに渇いてくる。

これ以上続けられても、ここで止められても……どうにかなりそうだ。

斗貴がそう思ったと同時に、心が読めるのでは……というタイミングで藤村が顔を上げた。

どっぷりと浸っていた快楽を突如取り上げられて、無意識に不満を滲ませた声が出てしまう。

「……ァ、や……！」

「なんだ。……どうしてほしいか、言ってみろよ」

タイミングを見計らっての、確信的な行動だったらしい。斗貴が完全に我に返らないよう、指先で濡れそぼった屹立を弄りながら顔を覗き込んでくる。

なんてヤツだ……と反感を覚えつつ、すぐそこにある快楽をイラナイと突っぱねることができない。

斗貴は屈辱に唇を震わせながら、藤村を睨みつけた。

「……も、と」

「もっと……？　なにを？」

楽しそうに聞き返す藤村は、端整な顔にニヤニヤとスケベ笑いを浮かべている。

無茶苦茶に悔しい。放せ、と突っぱねてやりたい……と頭では思っているのに、身体に裏切られる。

震える手を握り締めて、唇を開いた。

「中途、半端なこと、せずに……やれ、よ……っ」

それが斗貴の精いっぱいだった。敗北宣言にも等しい。なのに、藤村は更に屈服させようと強い目で見下ろしてくる。

「舐めるのがいい？　手で？」

ギュッと屹立を握り込みながら、親指で先端をぐるりと辿る。濡れた音が聞こえてきて、羞恥《しゅうち》を覚える間もなくカサカサに乾いた唇を舐め濡らされた。

絡みついてきた舌に、夢中で吸いつく。

「ん……ぁ、っン……ぅ」

頭がぼんやりとするまで舌を絡ませて、ちゅ…と小さな水音と共に唇を解放される。

斗貴は荒く息をつきながら、重たく感じる舌で藤村に快楽をねだった。

た。


「舌……舐めるのが、いい……」

「エロガキ」

クッと低く笑った藤村は、揶揄する言葉を口にしながらも斗貴の望みを叶《かな》えてくれた。

ゆっくりと脚のあいだに沈む頭を、ぼんやり目に映す。

「っあ！　ぁ……っは」

待ち望んでいた快感に腰を跳ね上げた斗貴は、藤村の髪に指を絡ませて背中を仰け反らせた。

……いい。もっと、まだ、足りない。

思考が、快楽を求める貪欲さに支配される。

「んー、んっ、ぅあ！　ぁ……っく。ぃく……も、ッ！」

身体をよじったせいで硬い歯が先端をかすめ、一気に背筋を快感が駆け上った。

目の前が真っ白になり、藤村の頭を抱くようにしてビクビクと全身を震わせる。

「ふっ、ぅ……はぁ……は、ぁ……」

詰めていた息を吐いて忙《せわ》しなく呼吸を繰り返していると、胸元でグシャグシャになっていたTシャツを抜き取られた。

抗う気力もなく、促されるままに腕を上げる。

「そんなによかったか……？」

荒い息を繰り返しながら、ぼんやりと天井を見上げている斗貴の目を覗き込むようにして、藤村が唇を重ねてくる。

「ん……ぁ」

快感の余韻に浸っていた斗貴は無意識にその口づけに応え、息苦しさを覚えながらも舌を絡ませた。

濡れた斗貴の唇の端を軽く舐めて、藤村がゆっくりと上半身を起こす。

ベッドの上で膝立ちになると、微塵《みじん》も躊躇いのない動作で、バサバサと着ていた物を脱ぎ捨てた。

蛍光灯の光を背に、鍛えられた身体が露《あらわ》になる。無駄の一切ない引き締まった身体を、斗貴に見せつけているみたいだ。

「もっと、よくしてやるから……そのまま、ぼーっとしてろよ」

力の入らない脚を開かれ、再びそのあいだに藤村が身体を入れてくる。汗で額に張りついた前髪をかき上げられて、思いがけないほど優しく髪に触れられた。

耳の軟骨《なんこつ》を軽く噛みながら、口腔に長い指を含まされる。

「ぁ……」

望んでいたものではない……という落胆が一瞬頭に過り、無意識に藤村のキスを期待していたのかと混乱した。

斗貴の戸惑いに気づくはずもなく、藤村の指はあっさりと引き抜かれる。

「な……、ッ……ア！」

「バカモノ。腹に力を入れるな」

その指をどうするのか、どうして触れられるまで気づかなかったのだろう。開かれた脚の奥に潜り込み、斗貴が正気を取り戻す前に突き入れられた。

奇妙な感覚に、ざっと鳥肌が立つ。

目を見開いた斗貴は、どんな表情をしているのだろうか。目を合わせた藤村が、整った顔から意地の悪い笑みを消した。

「なんだよ、その顔。おまえも散々やってきたことだろうが」

「ち、っがう……」

全然違う……。

今までは、斗貴が「大丈夫だから力を抜いて」という立場だった。相手が自分の指やキスで乱れる様を見るのも、好きだ。

藤村が、される側の気分を味わえ…というつもりでこんなことをするのであれば、もう充分だ。

「藤、村……も、わかった、から。やめ…ろ、よっ」

「わかった？　なにが？　これからが本番だろ」

斗貴の訴えを軽く流した藤村は、ゆっくりと指を抜き差しさせる。根元まで埋められたかと思えば、抜け出るギリギリまで引いて……。

斗貴は声を出すこともできず、ベッドについた藤村の腕にしがみつくようにして身体を震わせた。

「そんなに不安そうな、頼りない顔、するなよ。らしくねぇ。可愛くて、泣かせたくて……たまんねぇな」

「ふざけ、んー……ぅ」

反論する前に唇をぴったりと重ね合わせられ、藤村の舌が食い縛った前歯を開くようノックする。

反射的に唇を開くと、即座に舌が潜り込んできた。

歯の裏側や上顎《うわあご》……自分の舌が当たってもくすぐったいと思うところを、じっくりと舐められる。

「ン！　っ、く……ぁ！」

身体から力が抜けた瞬間を見計って、穿《うが》つ指の数が増やされた。ビクッと身体を震わせると、宥《なだ》めるように舌に吸いつかれる。

遠慮も容赦もないけれど、決して傷つけることもない……充分に斗貴を気遣っていると伝わってくる触れ方だ。

「ぁ、あ……ぁっ」

逃げることも抗うこともできず、斗貴は藤村に与えられるものを受け止めるだけになってしまう。

気が遠くなるような時間をかけて、藤村の指は斗貴の身体を作り変えているようだ。

「……橘」

「ン……ン？」

藤村の低い声が、名前を呼ぶ。グラウンドや教卓では聞いたことのない、どこか艶《つや》を含んだかすれた声だ。

ただそれは、夢の中で聞いているような現実感の乏しい声で。斗貴は、ぼんやりと喉の奥で返事をした。

「大丈夫そうだな」

独り言のようにつぶやくと、深くまで埋められていた指が引き抜かれる。

「ゃ……ぅ、ぁっ」

ヒクヒクと粘膜が引き止めるように収縮して、そんな身体の反応に戸惑いながら喉を反らした。

「あ……あ、待ッ……っぁ！」

汗で滑る膝の裏をすくい上げられ、藤村が身体を合わせてくる。

熱くて硬い感触がさっきまで指で弄られていた粘膜に触れた瞬間、ビクッと抱えられた脚が跳ねたけれど、藤村は躊躇することなくゆっくりと身体を進めてきた。

「ぃ……ッ、あっ、は……！」

とんでもない圧迫感と、これからどうなるのかわからないという恐怖に襲われ、藤村の肩に爪を立てて身体を強張らせる。

腰から下の感覚が鈍くて、自分の身体ではないみたいだった。

「っ、橘……無理に入れねぇから、身体から力を抜け」

息を乱した藤村が、宥めるように斗貴の肩を撫でる。無理にしないという言葉どおりに、先端を含ませた状態で待ってくれているようだ。

それが……どれだけ忍耐を必要とするか、斗貴にもわからなくはない。

詰めていた息を無理やり吐くと、風船がしぼむように一気に身体から力が抜けた。

「ン……ぁ、ぁー……ぁ！」

「……っは、じっとしてろよ」

跳ね上がりそうになる腰骨を強い力で摑みながら、ピッタリと身体を重ねられる。身体の内側で脈動を感じるのが不思議だった。

痛いというより、熱い……。

喉の奥に息が詰まっているみたいで、斗貴は浅い息を繰り返しながら混乱の渦に巻き込まれた。

「ど……して。ぁッ……いた、苦し……って」

勝手にボロボロと涙が溢《あふ》れる。開かれた股関節の痛みと消えることのない圧迫感が怖くて、幼い子供のように拙《つたな》い言葉が唇から零れた。

ヒク……としゃくり上げた途端、深く挿入された屹立を締めつけてしまう。

「ゃ……だ、っあ……あ！」

「これのどこが……嫌だって？」

腰を摑んでいた大きな手が、密着した下腹部に移動する。じわっと握り込まれて、腰を震わせた。

藤村に揶揄されたとおり、一度は力をなくしていたそこは、いつの間にか快楽を感じていることを隠しようもない状態になっていた。

指先を擦りつけられると、濡れた音が聞こえてくる。

「なんか……ぐしょぐしょになってんだけど。気持ちいいって認めろよ」

「ひぁ！　っ……ぁ、ン……！」

手の中に包まれた屹立を弄《もてあそ》びながら身体を揺さぶられてしまうと、意地を張り続けることができなくなる。

この、甘くて熱くて……狂おしい快楽を終わらせたいのか、もっと浸りたいのかさえ、あ

やふやになって……。

　気がつけば、必死で藤村の背中にすがりつきながらがっしりとした腰に脚を絡みつかせていた。

　もう屹立には触れられていないのに、ジクジクと身体が疼き続けている。

「い、い……ぁ、あ……んぁ」

「ッ……おまえ、俺が誰か、わかって……っのかよ」

　頭を引き寄せて耳朶に噛みつきながら身体をすり寄せると、苦笑混じりの声が耳元で聞こえた。

　声と同時に熱い吐息が吹き込まれ、一瞬身体を竦ませる。

「かって……る。ふ……じ、村……っ、も……ッだめ」

　あまりにも斗貴が密着しているせいで激しく抽挿《ちゅうそう》できないらしく、ぴったりとくっついたまま身体の奥を小刻みに突かれる。

　これ以上ないくらい深く抱き合ったまま、同じ熱を共有していると……言葉でなく伝わってくる。

「ん……っぁ！　い、きそっ、……っく！」

　ギリッと奥歯を噛み締めながら限界まで我慢していた欲望を放つと、藤村の屹立を包んだ粘膜が収縮した。その形をくっきりと脳裏《のうり》に思い描くことができるほど、強烈な存在を主張している。

「ぁ……っあ、っふ……」

広い背中にしがみつく手に力を込めた瞬間、身体の奥にある熱が更に質量を増したような気がした。

息を詰めて全身を震わせていると、痛いくらいの力で抱き締められる。

「ッ、ぁー……くそっ！」

唸《うな》るような声で吐き捨てた藤村は、抱き締めていた斗貴を突き放すようにしてベッドに押しつけて、勢いよく身体を離した。

「ひぁっ」

埋められていたものが出て行く、不快感と紙一重な感覚に喉を仰け反らせる。

次の瞬間、腹が生ぬるく濡れた感触がして、藤村がいったんだな……と他人事のようにぼんやり考えた。

ぐったりとベッドに身体を投げ出した斗貴は腕を上げることもできず、瞼を開くことさえ億劫《おっくう》なので、確かめることはできないけれど。

「……っ」

吐息と共に熱い身体が崩れ落ちるように覆いかぶさってきて、斗貴は無意識にその背中を抱いた。

心臓が激しく脈打っているのが、密着した胸から伝わってくる。

汗で手のひらが滑っても、不快だと感じないのが不思議だった。今までは、欲望を吐き出した後にベタベタするなんて面倒だ……と思っていたのに、こうしてくっついているのは、何故《なぜ》かそう悪くない。

「はぁ……」

動悸《どうき》が落ち着くにつれ少しずつ頭に思考力が戻ってきて、どうしてこんなことになったのか……あやふやな記憶を探った。

最初は普通に話していたはずなのに、藤村が「俺が相手をしてやる」とか言い出したあたりからおかしくなったのだ。その案に嬉々として乗ろうとして……いつの間にか立場が逆転されていた。

藤村に抱かれることを、斗貴が望んだわけではない。でも、無理やり押さえつけられて蹂躙《じゅうりん》されたとも思わなかった。

触れてくる手は、最初から最後まで優しくて……。

「……眠ぃ」

激しく脈打っていた心臓の鼓動が落ち着き、身体の熱が冷めてくると強烈な眠気に襲われる。

もう、なにかを考えることも億劫だ。今は、とりあえず心地いい疲労感に身を任せたい。

藤村の背中を抱いていた手がズルリと落ちて、空中を浮遊しているような心地よさに身体を預けた。

「って、おい……マジかよ。あんまり無防備な顔、見せんじゃねぇ。……ワイイだろが」

低い声でなにか言いながら何度か頬を叩かれたけれど、よく聞こえない。とてつもなく重い瞼を、震わせることもできなかった。

《五》

一生の不覚……というのは、こういう場面に使う言葉だろうか。

薄《う》っすらと明るくなってきた窓を睨《にら》むように見据えながら、斗貴《とき》はコクンと唾《つば》を飲んで渇いた喉《のど》を湿らせた。

自分のベッドでは周囲のカーテンを引いて寝るので、窓が見えるということはありえないはずだ。

横向きになっている背中が、妙にあたたかい。頭の下には、太い腕があって……腰《こし》の上にも腕が乗っている。

しかも、自分も相手も服を着ていないようだ。振り向かなくても、肌《はだ》に触る感触でわかる。

都合よく忘れていればいいのに、夜のアレコレはあっさりと思い出すことができる。自分の優秀な脳みそが憎い。

「……信じらんねぇ」

やってしまったことは取り返しがつかないけれど、軽く思い起こすだけで心臓が竦《すく》み上がりそうになる。

藤村《ふじむら》を相手に、散々痴態《ちたい》をさらした……。今まで必死で拒んでいたのはなんだ、と頭を抱えたくなるほど呆気《あっけ》なく、抱かれることを享受してしまった。

藤村は、普段の言動ほど乱暴ではなかったと思う。

証拠に、少しばかり身体《からだ》がだるくても痛いところはない。その上、シャワーも浴びずに寝てしまったはずだが肌に不快感が残っていないということは、藤村が後始末をしてくれたのだろう。

斗貴の頭からは、ところどころ記憶が飛んでいて……最後のほうで、自分がどんなことを口走ったのかわからない、というのが一番怖い。

「……やべぇ」

なにより、与えられる快楽に我を忘れるほど溺《おぼ》れた自分に、裏切られた気分だ。頭を抱えて、特大のため息を零《こぼ》した。

チラリと枕元にある目覚まし時計に目を向けると、もう少しで五時半というところだった。

起床のチャイムが鳴るのは六時だが、それより先に寮の部屋に戻らないといけない。夜中に部屋を抜けることは何度もあったけれど、朝帰りは初めてだ。

夕食後にここへ来たので、一晩中いなかったと知られたらまずい。まさか、藤村の私室で夜を明かしたとは勘繰られないはずだが……。

ベッドのカーテンは常に閉めてあるので、カーテンを開けて覗《のぞ》かれない限り不在がバレないとは思うが……起床時間までに戻っておいて、そ知らぬ顔で同室者と朝の挨拶を交わさなければ。

なにより、平静な状態でこの男と顔を突き合わせるのも避けたい。

「よし、逃げよう」

グッと拳《こぶし》を握り、逃亡を決め込む。

息を殺し、そろっと藤村の腕から抜け出してベッドから足を下ろした瞬間、背後から手首を摑《つか》まれた。

「ひゃぅわ！」

ビックリしたっ！

あまりの不意打ちに、心臓が口から飛び出るかと思った。比喩《ひゆ》ではなく、実際に少しばかり身体が跳ね上がったかもしれない。

「なんつー声を出しやがる」

寝起きのせいか、いつも張りのある深い声は少しだけかすれていた。

勢いよく背後を振り返った斗貴は、鋭い目でベッドに寝転んだままの藤村を睨みつけた。

照れ隠しも含め、刺々《とげとげ》しい声で苦情をぶつける。

「ビビらせるなよ、アホ！」

「誰がアホだ。勝手にビビったおまえが悪い。……部屋に帰るのか」

寝乱れて目元に落ちた髪をかき上げながら、藤村が斗貴を見上げた。寝起きのくせに、隙《すき》がないあたり……憎たらしい。

「うん……」

小さくうなずきながら、藤村の左腕を凝視《ぎょうし》した。腕……というより、肩ギリギリの場所に白く引き攣《つ》れた傷跡がある。

薄暗かったし、半ば意識を飛ばしていたせいで昨夜《ゆうべ》は気づかなかったが、前に田村《たむら》が言っていた傷跡とはコレのことだろう。これだけ派手な跡が残るのだから、そうとう深い傷だったはずだ。

斗貴がどこを注視しているのか気がついたらしく、藤村が唇《くちびる》を歪《ゆが》ませた。

「なんだ、コレが気になるか。噂《うわさ》で聞いたことくらいないのか?」

「ゲイだってカミングアウトした時に、父親につけられたって」

本人に言っていいものか躊躇《ためら》いながら、ボソボソと口にする。

全裸のままベッドに起き上がった藤村は手を伸ばし、斗貴の髪をぐしゃぐしゃとかき乱した。

「……そっちか。まぁ、当たらずとも遠からずってヤツだな」

自嘲《じちょう》気味《ぎみ》にそう言って苦笑した藤村の表情からは、事実か否か見極めることはできなかった。感情を隠すテクニックは、はるかにあちらが上だ。

もう一つの噂……人を殺そうとした時に抵抗されて、というものは口にできず、斗貴は曖《あい》昧《まい》にうなずいてみせた。

どことなく空気が重い。

なにも言えず、動くこともできずに視線をさ迷わせた斗貴の目に、ベッドヘッドの隅に置かれている男物の腕時計が飛び込んできた。白いハンカチの上にあるそれの針は、十二時前を指している。

秒針は……動かない？

「あの時計、止まってんの？　壊れては……なさそうだよな」

目に見える損傷はなさそうだ。

本来の役目を果たしていないものを、飾るように置いてあるのが不思議で、首を傾《かし》げながら何気なく右手を伸ばそうとした。

その手を、グッと摑まれる。

「触るな」

思いがけずに強い口調で制止され、驚いて藤村の顔に視線を移した。整った顔には、表情が一切ない。能面のような無表情で……怖い。

「わ……かった。いてぇよ、手」

摑まれた手首が痛いと訴えると、パッと唐突に解放される。

「悪い。……ああ、戻らないとヤバイな」

目覚まし時計を手にした藤村は、五時半を過ぎたぞ……と言いながら、散らばっていた斗貴の服をかき集めて差し出してきた。

斗貴はその服を無言で身につけながら、つい先ほど目にした藤村の表情に動揺させられていることに気づいていた。

心臓が、変に鼓動を速くしている。

あんな……鋭い刃物のような目で睨まれたのは、初めてだった。バイクに乗りながら竹刀《しない》を振り回していても、空手や柔道の実技で組み合っていても、あれほど厳しい表情をしたことは一度もない。

藤村自身も制することができなかった、取り繕《つくろ》うことのない剝《む》き出しの感情だろう。

自制心の強そうな藤村にそうさせた原因がなにかは、明白だった。

身繕いを終えた斗貴は、チラリとハンカチの上の腕時計に視線を投げかけて、無言で藤村に背中を向けた。

一歩踏み出したところで、普段の調子となんら変わらない声が耳に飛び込んでくる。

「身体の相性は悪くないな。やりたくなったら、また来いよ」

スッと息を吸い込んで、唇を嚙《か》み……。

「……次があるとしたら、おれがあんたをヤル時だ！　覚えてろよ。絶対、ヤリ返してやるからな！」

勢いよく藤村を振り向いた斗貴は、目を吊《つ》り上げて言葉を返した。いつもどおりの反応だったはずだ。

「あー、はいはい。そいつは楽しみだな」

クックッと肩を震わせながら手を振った藤村の憎たらしい顔は、さっきの鋭さが嘘《うそ》のようにこれまでと変わらないものだった。

□□□

「立ち位置は、三歩後ろだ。おまえは離れすぎだ、アホウ。そこじゃ、護衛対象者に向かってきたヤツを防げねーだろ」

二人一組になって立ち位置の確認をしていると、後ろを通りかかった藤村が容赦なく竹刀で尻《しり》を叩《たた》いていった。

「いてっ！」

小さくつぶやいて頰《ほお》を歪ませた斗貴は、派手な蛍光オレンジのTシャツに包まれた藤村の広い背中を睨みつける。

三回目の定例テストが終わり、赤クラスからもぽつぽつと名簿から名前が消える訓練生が出始めたけれど、藤村は相変わらずだった。

訓練中も鬼だが、ベッドの中でも鬼だ。リベンジを誓った斗貴が気合いを入れて押し倒しても、漏《も》れなく返り討ちに遭っている。

二回……いや、最初の日を入れれば三回。今のところ、全戦全敗だ。

藤村をぎゃふんと言わせる日は、いつになるやら……予想もつかない。

正午の時報が鳴り響き、素直に腹の虫が返事をした。

しっかりと朝食を食べたつもりでも、身体を動かすとどうしてもカロリーの消耗は激しくなってしまう。

「午後は道場だ。特殊警棒を使うから、俺が行くまでに出しておけよ。解散」

藤村が解散を告げると、ぞろぞろと食堂のある棟に向かって歩き出す。

今日は派手にグラウンドに転がっていないので、砂埃《すなぼこり》を叩き落として水道で手を洗えばOKだろう。

腹が減った。一分でも早く、飯にありつきたい。

「橘《たちばな》、今回の定例テスト……四人も落ちたのか」

斗貴と肩を並べた訓練生に話しかけられて、小さくうなずいて見せた。

強制退去となった斗貴と同じ赤クラスの四人は、黒や青の退去者と一緒に昨日の夕方に船でこの島を離れた。

クラス長として港まで見送りに行った斗貴は、仕方がないとわかっていながら落ち込んでしまい、同じく見送っていた名塚《なつか》や鷹野《たかの》に宥《なだ》められてしまった。

テスト結果を公表することはないけれど、集合した時に人数が足りないので、誰が脱落したのかは一目瞭然《いちもくりょうぜん》だろう。

寮で同じ部屋を使っている人間は、昨日の朝に退寮の準備をしているところを目にして、もっと早くに知っているはずだ。

落ちた四人は体力的に訓練がきつそうだったので、ほぼ予測していたが……やっぱり現実にいなくなられると少し淋《さび》しい。同じ釜の飯を食って、これまで訓練を乗り越えてきた仲間なのだから。

「青や黒も、だいぶん減ったよなぁ」

つぶやきにつられて目をやると、グラウンドの隅には黒いバンダナを身につけた一団がいた。

当初は二十人だった鷹野のクラスは、今では十三人……だったか。集合しているところを傍《はた》から見ても、明らかに人数が減った感じがする。

「ま、明日は我が身……ってやつだな」

実技はともかく、語学は毎回ギリギリでなんとかパスしているという自覚のある斗貴は、小さくため息をつきながらつぶやいた。

それをどう受け取ったのか、皮肉な響きの言葉が返ってくる。

「橘は大丈夫だろ。実技は問題ないし、晩飯後の自習もせずに語学や時事試験をパスしているしさ。俺ら凡人と違って、たいした努力もせずにデキる奴《やつ》は得だよなー」

「………」

反論をグッと呑《の》み込んだ斗貴は、そんなわけあるかこのボケ、と藤村の口調を真似《まね》て心の中でつぶやいた。

同じ到達点を目指していても、行き着くまでの努力の量に差が出てしまうことはある。生まれ持った習得能力というものが違うのだから仕方がないことだろう。かといって、なにもせずにできるなんてことはありえない。

プライドの高い斗貴は努力をしていると悟られるのが嫌で、同室者が寝静まった後や講義中に必死で頭に叩き込んでいるだけのことだ。

それを知らない人間に羨ましがられても、皮肉な笑みが浮かぶのみだ。

「橘」

なんともいえない気分になり、口を噤《つぐ》んだ斗貴の背後から落ち着いた声がかけられた。

尖《とが》りそうになっていた心が、スッと静まる。表情がゆるんだという自覚のないまま、詰めていた息をついて振り返った。

「鷹野」

「ちょっといいか」

斗貴と並んでいた訓練生は、鷹野の視線だけでそそくさと先に歩いていった。他クラスで馴染《なじ》みがないせいもあり、斗貴のクラスの訓練生は大人《おとな》びて硬質な雰囲気を持つ鷹野を苦手とする人間が多い。

「なに？」

でも斗貴は、鷹野の持つ雰囲気が嫌いではなかった。むしろ、好きと言ってもいいかもしれない。

自分にも他人にも厳しくて、曲がったことが嫌いな鷹野は悪く言えば融通が利かず、よく言えば真っ正直な人間だ。適当に手を抜けばいいのに、できないらしい。そんな不器用さが好ましい。

今まで、斗貴の周りにはいなかったタイプだ。照れくさい表現だが、信頼できる友人と言ってもいいだろう。

「昨夜は……きちんと寝られたのか？」

そして鷹野は、斗貴を上《うわ》っ面《つら》の印象で判断することのない数少ない人間でもある。

要領がよくて適当に流している……と称されることの多い斗貴を、意地っ張りの頑固者だと言って「もう少し肩の力を抜け」と笑った。

今も、退去者が出たことで沈んでいるだろうと心配して、声をかけてくれたに違いない。

「まぁ……そこそこ。鷹野こそ」

「俺は平気だ。ついて行けない訓練に無理してしがみついていても、怪我《けが》をするだけだからな。適性がないのなら、早めに違う道を見つけたほうがいいだろう」

「うん……」

鷹野の言葉は正論かもしれないが、厳しい。

こんなふうに言える鷹野は、どんな環境で育ったのだろう……と、たまに不思議になる。

身体能力が高く、頭の回転も悪くないという人間が捨て身になって要人をガードするための養成所に入るには、それぞれ浅くはない理由があるはずだ。

そうでなければ、もっと楽で危険が少ない上に実入りのいい職業は他にいくらでもあるのだから、そちらを選ぶだろう。

語りたがらない訓練生も多く、斗貴も志願理由を誰かに尋ねられると「正義のヒーローみたいでカッコいいじゃん」と緊張感なく笑いながら答えていたし、鷹野や名塚と話し合ったことはない。

「あー、ずるいなぁ。二人して。僕も混ぜてよ」

鷹野と連れ立って食堂に入るなり、目敏《めざと》く見つけたらしい名塚が寄ってきた。

アイドルがファンに取り囲まれているような状態だったが、するりと輪を抜けて斗貴と鷹野のあいだに割り込んでくる。

「連れはいいのか？」

嫌がるでもなく……歓迎するでもなく。

さっきまで名塚がいた一群に目を向けた鷹野が、静かな口調で問う。

「いいでしょ。たまにはパンダ役から解放されたいよね」

綺麗《きれい》な顔をしている名塚は、周りから無遠慮な目で見られることに慣れていると思っていたが……視線が鬱陶《うっとう》しくなることがあっても当然か。

「ああ、斗貴。僕が」

昼食の置かれているカウンターに手を伸ばした斗貴を制してトレイを二つ持った名塚は、ゆったりとした足取りでテーブルへ向かう。

過保護にするな、と反発することもできないほど自然な動きだったので、突っぱねる間がなかった。

人を、というよりきっと異性をエスコートするのに慣れているのだろう。

この男も……どんな環境で育ってきたのか、謎だ。派手な外見相応の華美な生活をしていたのなら、あえてここに来る理由はないはずで……。

本人が語らないのなら、わざわざ尋ねる気はない。

それより今は、グルグルうるさい腹の虫を宥めるのが先だ。

「イタダキマス！」

パンと両手を合わせてフォークを持つと、

「斗貴さぁ、そろそろ僕としてみようって気にならない？」

今日の昼食……大きなから揚げの添えられたオムライスをスプーンで崩しながら、名塚が話しかけてきた。

サラダボウルに入っているトマトをフォークで突き刺したところだった斗貴は、ピタリと手を止めて隣に座る名塚と目を合わせた。

それは……欲求不満を解消するための相手に、立候補するという意味だろう。

今までも本気か冗談か計りかねる口調で誘われたことは何度もある。けれど、名塚を相手にするのはヤバイと本能が制止するのだ。この男は、絶対に斗貴に主導権を握らせてくれないような気がする。

「…………」

どう言い返せば無難に切り抜けられるか迷った斗貴は、少し硬いトマトを咀嚼《そしゃく》しながら名塚の淡い色の瞳を見据えた。

視線を逃がすことのない名塚は、ふっと微笑を浮かべて軽く言葉を続ける。

「誰か……操《みさお》を立てたい相手ができて、その人以外は嫌だっていうのなら、仕方ないと思うけど」

一瞬、藤村の偉そうな顔が頭に浮かんだ。

それを慌てて打ち消して、名塚から目を逸《そ》らす。ごくんとトマトを飲み込むと、否定するために口を開いた。

「……そんなんじゃねーよ」

どうして、この場面で藤村のことを考えてしまったのか……かすかな動揺が、フォークを握る手に表れてしまう。

指が小刻みに震え、から揚げがうまく刺さらない。

チッと舌打ちをしたところで、名塚が笑った気配が伝わってきた。

「そう？　じゃ、一回だけでも試してみない？　斗貴が嫌がることはしないからさ」

目元にかかる前髪にすらりとした長い指が触れてきて、そっと眉《まゆ》を寄せた。名塚の、この……どこまで冗談でどこから本気なのか読めない誘い方が、苦手だ。

「いい加減にしろ、名塚。橘が困っている」

それまで黙々とマイペースで昼食を口に運んでいた鷹野が、低くつぶやいた。

自分たちのやり取りが聞こえていないかのように傍観していたのに、斗貴が本気で煩わしさを感じたところで口を挟むあたり……絶妙なタイミングだ。

スッと手を引いた名塚は、皮肉な笑みを唇に浮かべる。

「はいはい。鷹野の言うことはいつも正しいですよ。でも、斗貴自身がいいって言ったら、口出ししないでよね」

「……橘がいいと言えば、な。それなら俺が口出しすることじゃない」

鷹野は表情を変えることもなく、淡々と答える。この余裕が、年齢以上に大人びて見える要因の一つだろう。

鷹野が相手では名塚もペースを乱されるらしく、面白くなさそうな顔で口を噤む。

「おまえら……おれを無視して話すなよ」

しかも、周りに他の訓練生がいる食堂だ。

斗貴の身持ちが固くないということは、とっくに知られているだろうけど、昼飯時に大っぴらに話す内容ではない。

目をしばたたかせた名塚は、ふっと表情をゆるませた。

「ああ……ごめんね。ハイ」

「ん……」

お詫《わ》びのつもりか、名塚と鷹野は同時にサラダに添えられていた缶詰のチェリーを摘《つま》み、斗貴のサラダボウルに移してくる。パッと見は相性がよくなさそうなのに、意外と気が合っている。

しかし……コレが詫びか。まるで子ども扱いだ。

いらないと突っ返す気力もなく、赤いチェリーの茎を摘んだ斗貴は二つまとめて口の中に放り込んだ。

□□□

手元の操作で伸縮させることのできる特殊警棒は、一般的な警察官も携帯しているものだ。相手を攻撃することはもちろん、使い方によっては盾の代わりにもなる。

ぐるりと周りを訓練生に囲まれた藤村は、実物を手に持ってデモンストレーションをしていた。

「ここを持って……腕にピッタリとつける。ヘマをしなければ、飛び道具以外のたいていのものは防げるはずだ。橘、殴りかかってみろ」

「……ハイ」

持ち手のあるL字型の警棒を腕に沿わせた藤村に、同じ警棒を手にした斗貴が殴《なぐ》りかかる。

ガツッといい音がしたけれど、ダメージを受けたのは殴りかかった斗貴のほうだった。

「痛ぇ」

道場の床に警棒を落として、右手を振った。衝撃の余韻で、ジンジンと肘《ひじ》あたりまで痺《しび》れている。

「と、まぁ……こんな感じだ。咄嗟《とっさ》にできないと意味がないし、失敗したら骨をやっちまうけどな。三秒で構えろ。橘」

落ちていた警棒を投げ渡されて、受け取る。藤村の型を真似したつもりだが、微妙に違っていたらしい。

「腕の位置が低い。肩は上げんな。肘が下がってんぞ、ボケ！」

腹の底から響くような声で言いながら、大きな手が斗貴の腕と手首を摑んでグッと上げさせた。

半袖《はんそで》のTシャツを着ているせいで、摑まれている部分は当然素肌で……そんな場合ではないとわかっていながら、うっかりベッドに押しつけられた時のことを思い出してしまう。

背中越しに、藤村の体温が伝わってきて……。

「橘、聞いてるか？　ぼうっとしてるなよ」

思い切り尻を叩かれたせいで、うっかり顔面に血が昇りそうだったのをなんとか抑えられた。

「相手が、決まったところに殴りかかってくれるとは限らないからな。腹だろうが頭だろうが、防御できるようにしろ」

しゃべりながら、藤村の手が、頭、首、腹……と押しつけられる。

指導の一環であって深い意味はないとわかっているが、平然と触ってくる藤村が憎い。

実技訓練中に妙に意識する自分も、どうかしている。

……名塚のせいだ。

微妙な話題を持ち出した上に、「操を立てたい相手が」などと言うから。

その瞬間、何故《なぜ》か藤村の顔が浮かんだことまで思い出してしまった。

「ほら橘、どこでもいいから殴れ」

警棒を手にした藤村が、斗貴から二メートルくらいの位置に仁王立ちする。モヤモヤしたものでいっぱいな頭から余計なものを追い出したくて、グッと奥歯を噛み締めた斗貴は思い切り警棒を振り下ろした。

藤村は、涼しい顔をして見事に防いでいく。

「っくしょ！」

だんだんムキになってきた斗貴は、遠慮をかなぐり捨てて藤村に向かった。頭の中が、「この男に負けたくない」というシンプルな対抗心でいっぱいになる。

「やれやれ、橘ぁ！」

「右、ボディーを狙えっ」

傍観している訓練生たちは、面白がって声援を投げかけてきた。

グッと胸のあたりで警棒を合わせて、睨み合う。さすがに息が上がっているらしく、藤村は薄く唇を開いて吐息を漏らした。

赤い舌が、チラリとその隙間から覗いて……トクンと斗貴の心臓が大きく脈打つ。

あの舌の感触を、知っている……と。

追い出していたはずの邪念が、ほんの一瞬顔を覗かせた。

気が逸れた途端、斗貴の腕から一瞬力が抜ける。重ね合わせていた警棒が滑って、顔面に衝撃を感じた。

「ッ……」

周りの音が遠くなり、目の前が真っ暗になる。

口の中がさび臭《くさ》い……と思いながら薄目を開くと、何故か道場の天井が見えた。

「おい、大丈夫か？　……組み合っている最中に、集中を欠くんじゃねぇ！」

顔を覗き込んできた藤村は、腕を引いて斗貴の上半身を起こしながら怒鳴りつけてくる。

自分が悪いと自覚している斗貴は一言も反論できず、奥歯を噛んで視線を床に落とした。

みっともない。悔しい。耐え難《がた》い苛立《いらだ》ちは……自分に対して。

「ぁ」

鼻の奥が熱い……と思った次の瞬間、パタパタと胸元に雫《しずく》が落ちた。咄嗟に鼻に手を当てると、真っ赤に染まる。

……鼻血か。ますます格好悪い。

しかも、なかなか止まってくれない。口の中にまで血の味が満ちて、気分が悪くなってきた。

「バーカ。鼻血くらいで死にそうな顔をするな。……目のあたりも打ってるな。小一時間、医務室で転がっておけ」

藤村が腕に巻いていたバンダナを、顔面に押しつけられる。

遠慮なくそのバンダナで鼻を押さえながらよろよろと立ち上がった斗貴は、素直に道場を出て医務室のある棟に向かった。

そのあいだも、じわじわと赤いバンダナの色が濃くなっていく。

「…………」

無言で医務室のドアをノックした斗貴は、返事を待つ余裕もなくガラリと扉を開けた。目の合った石原《いしはら》が、戸口に寄りかかっている斗貴に驚いた顔をする。

「橘くん。……入って」

腕を引かれて室内に入り、丸イスに腰を下ろした。

石原はなにも聞かずに斗貴の手からバンダナを取り上げると、代わりに清潔なタオルを握らせる。小さな冷蔵庫を開けてゴソゴソとしていたかと思えば、うつむいた首の後ろにミニタオルに包んだ冷却剤を押し当てられた。

「下を向いて首の後ろを冷やしていたら、そのうち止まる。飲み込んだら気分が悪くなるから、ごっくんしたらダメだよ」

子供に言い聞かせるようにそう言うと、もう一つ冷却剤を取り出してきてミニタオルで包み、顔に当ててくる。

どうやら、警棒が当たったところが痣《あざ》になりかけているようだ。

「きちんと冷やして。可愛《かわい》い顔に傷をつけたら、他の訓練生に嘆かれるよ」

「……可愛くない」

鼻と口を覆っているタオルのせいで、くぐもった声になってしまう。石原には手のかかる弟のように認識されているらしく、何度「可愛いと言うな」と訴えても聞き入れてもらえない。

「だって、私の知る限り……橘くんのニックネームは『姫』だったかな。青の名塚くんは『皇帝』で、黒の鷹野くんは『殿』。みんな娯楽に飢えてるねぇ」

のん気な口調でそう言って笑った石原に、斗貴は眉を寄せて顔を上げた。そんなふざけたニックネームは初耳だ。

名塚や鷹野は的確に言い表しているかもしれないが、姫っていうのはなんだ。

「今度はこれで顔を拭《ふ》いて。陣《じん》も、熱血はいいけど、医学的な意味でも首から上は避けてほしいなぁ……」

無事に鼻血は止まったらしく、独り言の響きでつぶやきながら濡《ぬ》れタオルを渡される。

それで乾いた血のこびりついた顔を拭いていた斗貴は、聞きなれない『陣』というのが藤村のファーストネームだと遅ればせながら気がついた。

「藤村……教官と、親しいんですか？」

冷却剤を包んだタオルを握り締めて、そっと石原の顔を窺《うかが》い見る。

はぐらかして誤魔化《ごまか》されるかとも思ったが、石原は汚れたタオルを籠に放り込みながらあっさりとうなずいた。

「ああ……うん。陣のことは、訓練生としてこの養成所にいた頃から知っている。訓練生時代の陣は、橘くんとよく似た気性だったよ。やんちゃな子でねぇ」

「……失礼ですが、石原センセいくつですか？」

藤村がここにいたのは……二十歳《はたち》で入っていたとしても、六年以上は前のはずだ。その頃から医師としてここにいたのなら、今だと……あれ？

思わず頭の中で計算してしまい、混乱する。

どう考えても、外見からは藤村と同じくらいか年下にしか見えない。とてもじゃないが、三十を過ぎているようには……。

「それは秘密です。はい、しっかりと顔を冷やさないと腫《は》れるよ」

両手に冷却剤を握らされて、頬に押しつけた。熱を持った肌に、ひんやりとした感触が気持ちいい。

「……藤村教官が、壊れた腕時計を大事に持っているの、知ってますか？」

唐突な話題をポツリと口にする。

石原があの時計の存在を知っているかどうか、一種の賭《か》けだった。

藤村本人には、最初の日に「触るな」と睨まれて以来、話題にすることもできないけれど。

「それ、どうして……」

背中を向けて薬品棚を開けていた石原は、勢いよく斗貴を振り向いた。

知っている……と、態度で語っている。この反応は、存在だけでなく、きっと藤村にとっての『意味』も把握している。

斗貴に動揺を見せてしまったことは、不覚だったに違いない。視線を泳がせた石原は、ポーカーフェイスを繕って聞き返してくる。

「橘くんこそ、よく知っているね。陣の部屋に入ったことが……？」

「別に、忍び込んだとかじゃなくて……ちょっと用があって入った時に、目について」

なんだか、必死で言い訳をしているようだな……と思いつつ、早口で言葉を続ける。

「触ろうとしたら、怒られたから。大切なものなら、壊れてるみたいなのにどうして直さないんだろう……って、不思議で」

じっ……と斗貴を見ていた石原は、小さなため息をついて不意に頬をゆるませた。

どことなく淋しそうにも見えるし、嬉《うれ》しそうな表情でもある。

どうしてそんな顔で斗貴を見るのかわからなくて、なにも口にすることができない。

どちらも口を噤むと、奇妙な沈黙が流れる。空気が変に張り詰めていて、息苦しくなってきた。

コクンと喉を鳴らしたと同時に、緊張が打ち破られる。

「……橘、いるか」

訓練の終わる時間にはまだ早いはずだが、勢いよく扉が開けられて藤村が入ってきた。

斗貴と目が合ったかと思えば、大股《おおまた》で近づいてくる。

「青タンができそうだな。唇の端も切れている。口の中は……？　晩飯の香辛料には気をつけろよ。泣くほど沁《し》みるぞ」

顎《あご》の下に手を入れて仰向《あおむ》かせると、斗貴の顔をじっくり見ながら淡々と口にする。

思いがけず優しい仕草で唇の端に触れられて、ビリッと走った痛みも気にならないほど驚いた。

「ッ！」

そんなふうに触るのは反則だ。藤村の手を振り払えない。硬い指の感触に……ドキドキするのは、どうしてだろう。

不可解な動悸《どうき》が気味悪くて、ぎこちなく藤村から視線を逸らす。

「大丈夫そうなら、道場に戻れ」

そう言って顔から手を離された途端、斗貴は腰かけていた丸イスから勢いよく立ち上がった。

「戻るよっ！　石原先生、ありがとうございましたっ！」

ジッとしていられないような、くすぐったいものが胸に満ちている。耳の奥で、トクトクと忙《せわ》しない心臓の鼓動が響いていた。

藤村の手に触れられて動揺しているという事実に、ますます動揺してしまう。悪循環だ。

唇を噛んで石原の前を通り過ぎようとしたところで、腕を摑んで引き止められた。

「え……？」

驚いて振り向くと、石原は唇に微笑を浮かべている。

スッと一歩足を踏み出して、斗貴に顔を寄せ……。

「橘くん。……さっきの話だけど、直接本人に聞いたほうがいいと思うよ。君なら、大丈夫そうだ」

こっそりと耳元で囁《ささや》かれた言葉に、斗貴は目礼だけを返して廊下に出た。

先に医務室を出ていた藤村が、不思議そうな顔で斗貴を見下ろす。石原とコソコソ話していた様子は、藤村にも見えていたのだろう。

「なんだ？　内緒話か？」

「さぁ……なんだろ」

咄嗟にうまい方便を思いつかなかった斗貴は、アナタのことです……と本当のことも言えず、歯切れ悪く誤魔化した。

なんだと問われても、答えようがない。石原が口にした、君なら大丈夫そう……の意味も、よくわからないのだ。

斗貴は見るからに挙動不審だったのか、藤村が表情を曇らせる。

「おい、まさかおまえ……石原先生にまでちょっかいかけようとしたんじゃないだろうな」

「まさかっ」

それには、慌てて首を振って否定する。我ながら、瞬発力抜群の反応だ。

もっと早くにお誘いをかけて、返り討ちに遭いそうになったことがあるのだ……とは言えないけれど。

あの時の石原は、心底恐ろしかった。

自分では太刀打《たちう》ちできないと、本能で悟った。正直言って、あんな得体の知れない恐怖を味わうのはもう懲り懲《ご》り《こ》だ。

斗貴の、隠しようもなく引き攣っているはずの顔になにかを感じ取ったのか、藤村は目を細めて鼻を鳴らした。

「ふ……ん、ならいいが。柔和な見た目に騙《だま》されるなよ。あの人は、おまえみたいなガキの手には負えん」

「……わかってるよ」

どうやら、藤村も石原の本性を知っているらしい。……ファーストネームで呼ばせていたくらいだから、当然か。

この時になって斗貴は初めて、自分が藤村のことをよく知らないことに気がついた。

藤村は履歴書や入所前の調査書で斗貴のことを知っているだろうけど、斗貴が藤村のことで知っているのは……名前と年くらいのものだ。

あとは……左上腕の傷跡の存在か。

身体を重ねたからといって、関係が変化したとも特別深くなったとも思えない。

知らないことがもどかしい。もっと、この男のことを知りたい……と。

誰か一人を深く知りたいと望むのは、初めてだった。

《六》

「……このところ、おとなしくしているみたいだな。昼間は散々走り回って夜はコレじゃ、さすがにそんな体力は余ってないか」

荒い息をつく斗貴の髪に触れながら、身体を離した藤村が低く笑った。薄く目を開けて藤村を見上げると、長い前髪が汗で湿り、ゆるくクセが出ている。

快楽の余韻が滲《にじ》む目は、とろりと潤み……頬は血色を増していて、整った容貌《ようぼう》は壮絶な色気を色濃く漂わせていた。鬼のような形相《ぎょうそう》で竹刀を振り回す昼間の姿を知っているだけに、別人のようだと思う。

そのくせ、話題は色気ゼロだ。ピロートークという言葉から連想する淫靡《いんび》な空気は、微塵《みじん》もない。

「あんたのほうがすげぇよ。よく、体力がもつな」

オッサンのクセに……と続けたら、「俺はまだ二十八だ」と嫌な顔で返される。

実際、体力という意味だけでなく、斗貴より十も年上の藤村のほうがはるかに優れていると思う。

昼間は、腹の底から響く音量で怒鳴りながらグラウンドを闊歩《かっぽ》したり道場で自分たちと組み合ったりした上に、夜はベッドで斗貴を翻弄《ほんろう》するのだから。

腕力、体格、格闘の技術……基礎体力。すべてあちらが上で、斗貴が勝てる要素などどこにも見当たらない。

このままでは、一生藤村にリベンジを果たすことなど不可能なのでは……という気がしてきた。

「そっか？　俺はまだ、手加減してるぞ。そうじゃなきゃおまえ、昼間に走り回れねぇだろうが」

「うぇ……バケモンかよ」

シレッとした口調での、これでも手加減しているのだという言葉に、疲れきった身体がますます重くなる。

ふっ……と息をついた斗貴は、藤村の手が腹の上に乗っていることに気がついた。まだ熱の冷め切っていない肌は普段より感覚が鋭く、その手の存在を意識してしまえば再び妙な気分になりそうだった。

「シャワー……浴びて、部屋に帰る」

さり気なく藤村の手を払いのけて、ベッドに身体を起こす。十一時をとっくに過ぎ、寮の風呂《ふろ》は閉鎖されている時間だが、教官である藤村の部屋にはユニットバスが備えられているのでありがたかった。

「そんなに急がなくてもいいだろ」

藤村に背中を向けた途端、腰に長い腕が巻きついてきた。肩甲骨《けんこうこつ》のあいだに唇を押しつけられ、ビクッと肩が揺れる。

「ぁッ……」

反応してしまったのが悔しくて、斗貴は唇を噛んで零れそうになった声を飲み込んだ。

せっかく落ち着いていた心臓の鼓動が、再び速度を上げてしまう。

「ナカ……出しちまったから、責任を取ってかき出してやるよ」

無駄なほど色気を含んだ声が耳に吹き込まれて、首から上がぼんやりと熱くなった斗貴は必死で逃げかけた。

「いっ、いらねー……遠慮しますっ」

そんなコトをされたら、自分がどうなるか……予想もつかないと言えないだけに、遠慮したい。

この男の指に理性を融かされて、快楽と羞恥と屈辱と、いろんなものがグチャグチャに絡み合う……コントロール不可能なほど乱されるなど、二度とごめんだ。

「遠慮？　らしくねーなぁ。いいから、おとなしく俺に任せろって」

「ぁ！　ゃめ、ろ……って！」

なのに、腹に腕を回したまま肩を押さえられれると、藤村に向かって腰を突き出すような体勢になってしまう。

「ヤ……、ぁ！」

濡れた感触の残る場所に指を押し当てられ、ろくな抵抗もできないまま長い指を受け入れた。

こうなれば、下手《へた》に身動きが取れない。グッと両手でベッドカバーを握り締めて、必死で奥歯を噛み締める。

「っ……ッ、ぅ……あ」

藤村の指が抜き差しされるたびに、耳を塞《ふさ》いで転げ回りたいほど淫猥《いんわい》な水音が聞こえてくる。

声を噛み殺しているつもりでも、吐息に混じって溢《あふ》れてしまう。

長い指に翻弄され、身体が作り変えられていくみたいで……怖い。

「……悪かった。おまえが、もっと……って締めつけるもんだから、抜くタイミングを逃した」

更《さら》に窮地に追い込もうというのか、そうして斗貴を混乱に巻き込みながら、意地の悪い声が羞恥を煽《あお》る。

なにも言い返せない。ますます全身が熱を上げ、目の前が白く滲んだ。

こんな自分はどうかしている……と頭の隅に残った冷静な部分では思っているのに、際限なく昂《たかぶ》る身体を止められない。

「今も……なぁ。俺の指、そんなに美味《うま》いか？　食いつかれているみたいだぞ」

「るせ……っ、エロジジイ！」

かろうじて悪態をついたけれど、お仕置きだと言わんばかりに深く突き入れられた指に、グッと息を呑む。

「カワイイ抵抗だな。そんな、感じてます……って顔と声で言われても、喜んでいるようにしか見えねぇよ」

涙目になりながら背後を睨みつけた斗貴と視線を絡ませて、藤村は楽しそうに喉の奥で笑う。

肩が揺れて……その振動が埋められた指からかすかに響き、声もなくビクビクと腰を震わせた。

改めて言われなくても、藤村の指を嬉々《きき》として受け入れていることくらい、自分が一番わかっている。

身の奥に注がれた残滓《ざんし》をかき出されているだけなのに、ゆっくりと粘膜を擦《こす》る指にどうしようもなく翻弄される。

いや、たぶん『かき出しているだけ』ではない。この性格のよろしい男は、さり気なく斗貴の弱点を責めているに違いない。

「ン……、ンッ、ぁ……」

指の数を増やされた途端、ビクッと腹筋が強張った。身体の奥が収縮して、藤村の指の関節まではっきりとわかる。

もう……ダメだ。動悸が激しすぎて、息苦しい。

身体の奥で膨れ上がった熱が、限界までせり上がっていて……。

「おい、指だけでイク……ってか？　寝ても入れさせないなんて大口を叩いてたのは、誰だよ。エロい身体、しやがって」

「ぁ……アッ！」

悔しい。ふざけんなこのヤロウ……と思っても、一言も反論できない。

抵抗できなくなった斗貴を揶揄《やゆ》する屈辱的な言葉に奥歯を噛み締めて、根元まで突き入れられた指に全身を痙攣《けいれん》させた。

さっきまでは、もう無理……と思っていたのに、またぬるい体液が脚のあいだを伝い落ちていく。

「つく、しょ……。っふ……ぁ、っは……」

ベッドに額を押しつけて荒い息を繰り返していると、宥めるように大きな手が背中を撫《な》でてくる。

汗でじっとりとしたうなじを厭《いと》うでもなく、やんわりと触れてきて……優しい手に、何故か胸の奥がギュッと痛くなった。

「なぁ……」

「ん？」

ようやく息を整わせた斗貴は、身体を反転させて仰向けになると、ベッドに座り込んでいる藤村を見上げた。

今なら、尋ねられるかもしれない。

薄暗い部屋に流れるどこか優しい空気に、そんな勇気を得る。

「あの……腕時計。なに？」

目を合わせたままベッドヘッドを指差すと、斗貴の髪に触れていた藤村の手がピタリと動きを止めた。

スッと斗貴の頭から手を引いた藤村は、無表情で目を逸らす。

「言いたくないなら、いいけど」

どこか思い詰めたような表情が怖くて、無理に聞き出したいわけではないと……言い訳のように口にする。

今、藤村に拒絶されたら……二度と尋ねるな。腕時計の存在を、忘れろ。

そう自分に言い聞かせて、唇を噛んだ。

緊張を帯びた数十秒の沈黙を、藤村の硬い声が破る。

「昔の……六年も前に死んだ、友人の形見だ」

斗貴から目を逸らしたまま短く口にして、大きく肩を上下させる。

「それだけだ」

目を合わせないまま手を伸ばして斗貴の前髪をかき乱し、きっと意図して視界を遮ろうとした。

でも、目元に落ちてきた前髪のあいだから垣間見えた藤村の表情は、しっかりと斗貴の目に焼きついていた。

抑えた硬い声は、斗貴の耳に馴染んでいる自信に満ち溢れた藤村のものではないみたいだった。

聞かれたことには答えてやるから、これ以上踏み込むな……と。

そうバリケードを張られたようで、「それだけ」ではないだろうと深追いできない。

きっと、「形見」という言葉は嘘ではないのだろう。でも、斗貴が欲しかった答えには届かない。

適当な言葉ではぐらかされたり、おまえには関係ないと突き放されたりしなかっただけマシだと思っても、落胆が込み上げてくる。

「そっか」

小さくうなずいた斗貴は、髪を乱す藤村の手をゆっくり払いのけると、背中をつけていたベッドから弾みをつけて起き上がった。

藤村に背中を向けて床に足を下ろしても、今度は引き止められない。

「シャワー、借りる」

返事はなかったけれど、ベッドルームから出てユニットバスの扉を開けた。

シャワーカーテンを引いてカランをひねり、まだ冷たい水を頭から浴びながらバスタブにしゃがみ込む。

友人の形見だとつぶやいた時の藤村の顔が、脳裏《のうり》に焼きついていた。

「はは……どこが、それだけだよ。嘘つき」

水音に紛れさせて、小さな独り言を零す。足元を睨む自分は、ほの暗い笑みを浮かべているはずだ。

形見だということ自体は嘘ではなくても、ただの友人のものだとは思えなかった。

見ている斗貴の方が、胸が痛くなりそうな……思い詰めた表情。藤村本人は自覚していないのかもしれないけれど、息苦しくなるような、やるせなさと愛《いと》しさの複雑に入り混じった目をしていた。

藤村にあんな顔をさせる存在が、友人であるわけがない。もっと、深く特別な関係だったのだろうと容易に想像することができる。

きっと、今でも藤村の心を占拠している。斗貴を前にしていても、腕時計を話題に出せば瞬時に表情を変えてしまうほど……。

それが……どうしてこんなに苦しいのだろう。おれには関係ないと、何度つぶやいても胸の苦しさが消えない。

子供じみた独占欲で、他の人間に意識を向けるな、自分だけを見ろと望んでいるわけではない。

もっと、我儘《わがまま》で欲深い感情は……なんだ？

違う。……き、じゃない。違う！

この感情を表現することのできるただ一つの可能性が浮かんで、斗貴は躍起になってそれを打ち消す。

頭上から降り注ぐ湯の中で、何度も頭を振って「違うだろ」と思考から振り払う。

好きになんか、なりたくない。

藤村を……藤村だけじゃなくて、誰も。

関係に馴染み、身体を許しても、心まで明け渡してはいけない……と、シャワーに打たれながら呪文《じゅもん》のように自分に言い聞かせた。

□□□

週に二、三度は訪れていた藤村の部屋に、今週は一度も足を運んでいない。

身体だけでなく、心まで藤村に慣らされてしまうのが怖くなったのだ。遊び人を自称して、今までそつなく数をこなしてきたはずなのに、侵入者を拒むために築き上げた城壁がこれほど脆《もろ》いとは思わなかった。

藤村はなにか言いたそうな目をすることはあるけれど、訓練中にプライベートなことで話しかけてくることはない。

不思議と、身体が人の体温を求めてどうしようもない……という状態になることもなく、ある意味平穏な毎日を送っている。

目敏い鷹野に、「最近覇気がないな」と言われたのだが、「飯に厭《あ》きてきたんだよ」などと言って、無理やり誤魔化した。

「……もう食わないのか。身体の具合が悪いのでなければ、無理にでも食っておかないともたないぞ」

明らかに食欲の落ちた斗貴を見て、向かい側に座っている鷹野が眉を顰《ひそ》める。今日の夕食は、カツカレーだった。好きなメニューなのに、どうしても食べ進める気になれない。

「うん……。いいや」

食器を返却口に戻すと、厨房《ちゅうぼう》を切り盛りする母親世代の女性に同じことを言われてしまう。食べ残すことの詫びを口にして、食堂を出た。

テレビを囲む気にもなれないし、部屋に戻って苦手なフランス語の教本でも開くか……。そう思いながら寮棟へ向かっていると、不意に背後から長い腕が絡んできた。

ピタリと足を止めた斗貴は、特大のため息をつく。

声を聞かなくても、振り向いて顔を確かめなくても……正体は察せられる。言葉もなく、これほど馴れ馴れしく密着してくる人間には、たった一人しか心当たりがない。

「名塚……やめろよ。暑苦しい」

名前を口にしながら背後に半身を捻《ひね》り、予想が間違えていないことを確かめる。

食堂では斗貴や鷹野から少し離れたところで、青クラスの取り巻き連中と座っていたはずだ。

斗貴が食堂から出て行くのを目にして、追いかけてきたのだろうか。

「暑苦しいって、傷つくなー」

名塚は絡みつかせていた腕を離しながら相変わらずの軽い調子で口にすると、斗貴に肩を並べて歩き始めた。

大半がまだ食堂にいるせいか、寮棟は人の気配がほとんどなく静まり返っていた。

「斗貴、このところ元気ないね。なにかあった？」

静かな声でそう言った名塚は、それなりに斗貴を気にしてくれていたのだろう。

あの男のせいだと、本当のことを言えるわけもなく……適当な言葉を返そうとした斗貴に、名塚がポツリと続けた。

「藤村教官が原因かな」

「っ！」

露骨に反応してしまったら、肯定したのと同じだ……とわかっていたけれど、斗貴は驚きのあまりその場に足を止めた。

前触れもなく名塚の口から出た藤村の名前に、心臓が一気に脈動を速める。

どうして、藤村の名前を名塚が？

そう不審に思って見上げた淡い色の瞳からは、なにを考えているのか読み取ることができなかった。

否定すればいい。名塚に、藤村との関係を悟られるような心当たりはないのだから、すっ呆《とぼ》けてしまえ。

「別に……藤村教官は関係ない。鬼だし容赦なく殴りつけてくるけど、ギリギリ手加減はしてくれている……と思うし。まぁ……暴君だけど。あれで、意外と面倒見がいいっていうか」

「そうじゃないよ、斗貴。僕の言いたいことが、本当はわかってるよね」

「………」

当たり障《さわ》りのない内容で誤魔化そうとした斗貴の言葉を、名塚が遮る。

……まさか、藤村と斗貴が夜に逢瀬《おうせ》を重ねていたことを、知って……いる？

冷や汗が滲んだけれど、鎌をかけられただけかも知れないと思えば、怖くて口に出せなかった。

どう切り返そうか思考を巡らせていると、名塚が背中を屈《かが》めて顔を覗き込んできた。

「夜中に斗貴が藤村教官の部屋を訪ねるのを見たから、言い訳は無用だよ。ちなみに、出てきたのは三時間後……ってところかな」

薄っすらと笑いながらしゃべる名塚の瞳を見ていられなくなり、目を逸らした。

もう、どう誤魔化せばいいのかわからない。無言で足元に視線を落としていると、名塚に二の腕を摑まれた。

「な……っんだよ！」

立ち止まっていた廊下から、引きずるようにして歩かされる。どこへ行くのかと思えば、名塚の部屋のようだった。

四つ並んでいるうちの一つ、カーテンの引かれていないベッドに腰かけるよう促される。

「ごめん。廊下でする話じゃないね。娯楽に飢えた連中に、みすみす餌《えさ》を与えることになる」

確かにそのとおりだが、有無を言わさず連れてこられた斗貴は、不機嫌な顔で正面に立ったままの名塚を見上げた。

長い腕が伸びてきて、そっと斗貴の首筋に触れる。

「藤村教官となんでもないっていうなら、いいよね？」

ゆっくりと背中を屈めた名塚は、間近で目にしても綺麗としか形容できない顔を寄せてくる。

一瞬、斗貴の頭に、このところ藤村以外の人間と触れ合っていないな……という思いが過《よぎ》った。

今の自分が、藤村以外とできるのだろうか、とも。

頭ではそんなことを考えているのに、名塚の吐息が唇を撫でた瞬間、無意識にビクッと身体が強張った。

「ッ……やめろよ」

名塚の肩を押し返しながら、咄嗟に身体を後ろに逃がす。

相手が名塚だから、嫌だというわけではない。

キスくらい、今まで数え切れないくらいこなしてきたのに……藤村の顔が頭に浮かんだ瞬間、何故か嫌だと思ってしまった。

「斗貴……嫌？　藤村教官とはしてるのに？」

そう言った名塚の声は、普段の軽いものではなかった。斗貴を見据える目も射貫《いぬ》くような鋭さで、冗談やジャレているものではない。

肩を摑んできた手の力が強くて、心臓が竦み上がりそうになる。

「名塚……やめろって。……ふざけるなよ」

「なに、怖い？　軽く遊んでいるようでいて……可愛いよね、斗貴」

クスッと笑った名塚にカーッと頭が熱くなり、反射的に蹴《け》りつけようとした。繰り出した足を簡単にかわされてしまい、ますますムキになる。なのに、斗貴の肩を摑む名塚の腕はビクともしなかった。

今までは、対等な関係だと思っていた。こんなふうに……力で敵《かな》わないなどと、思ったこともなかったのに。

自分が、ものすごく非力で弱い人間になったような、得体の知れない怖さを感じる。でも、名塚を前にして怯《ひる》んでいると認めるのは、自分自身が許せなかった。

「は……なれろ、って！」

「逃がしてあげないよ。僕も、こんなに斗貴に本気になるとは思わなかったな」

腰かけているベッドに押し倒されそうになるのを腹筋で持ちこたえていたけれど、それも

もう限界だった。

肩を押され、勢いよくベッドに背中を押しつけられる。

「バカなこと、するな。同室者が帰ってきたら……どうするんだよっ！」

「二時間ドラマを見ていたから、しばらくは帰ってこないでしょ。それに……もし帰ってきても、僕の邪魔はしないと思うよ。見て見ぬふりで、出て行く」

初めて目にする、酷薄な笑みを浮かべた名塚を呆然《ぼうぜん》と見上げていた斗貴は、石原が言っていたニックネームを思い出した。

名塚は、『皇帝』だと……。名実ともに、青クラスの皇帝として君臨しているのだろうか。

今まで斗貴の知らなかった名塚の顔が、次々に現れる。

「やめろってば！　名塚……ッ」

「相手が誰でも、することは一緒でしょう？　それとも、藤村教官だけは特別？」

「それ……は」

返す言葉をなくした斗貴の唇に、スッと名塚の唇が触れた。

誰としても同じだと思っていたキスの温度が、なんだか違う。藤村の唇は、もっと熱かった。

それに、斗貴の胸の奥も……熱くなっていた。

なにもかも、藤村とは違う。嫌だ！

「つゃ……だ、って！」

いつにない拒否感が身体の奥底から湧き上がり、名塚の着ているシャツの背中を掴んで思い切り引っ張った。

「つ、ぃ……」

斗貴の抵抗を封じようとしてか、首筋に歯を立てられる。ギリ……と歯が皮膚《ひふ》に食い込み、痛みに顔を顰《しか》めた。

初めは、いつもの軽い冗談半分の、じゃれ合いのようなものだと思っていた。でも、斗貴が意固地に拒絶するものだから、ムキになっているに違いない。

「名塚っ、いい加減にしろって！」

受け入れようとせずに全力で抵抗を続ける斗貴を持て余したのか、押さえつける名塚の腕からほんの少し力が抜けた。

「往生際が悪いな。逃げられると思う？」

「逃げてやるよっ」

色っぽい空気はまるでない。

睨み合うようにして、至近距離で視線を絡ませた時だった。

「……名塚。橘、いるんだろう？」

コン、というノックに続いて聞こえてきた硬質な声に、名塚が眉を寄せる。

よく知っている人物のものだ。

「鷹野」

声の主の名前をつぶやいた斗貴は、夢中で名塚の身体を押し返してベッドから跳ね上がった。

もつれそうになる足でなんとかドアに辿《たど》り着き、震える手でノブを回す。

「……橘」

廊下に転がるような勢いで飛び出した斗貴を、鷹野の腕が危なげなく支えてくれた。名塚がどんな顔をしているのかと思うと怖くて、室内を振り返ることができない。

ふー……と、庇《かば》うように斗貴の背中に腕を回している鷹野の胸が上下する。無言で名塚の部屋のドアを閉めると、斗貴の手首を摑んで廊下を歩き出す。

どこへ行くのか……問える雰囲気ではない。鷹野の纏《まと》うオーラが、いつもに増して硬く冴《さ》え冴《ざ》えとしたものになっている。

うつむいてとぼとぼ廊下を歩く斗貴は、連行される犯罪者になった気分だった。

迷いのない足取りで歩いていく鷹野は、寮棟を出て教官室のある職員棟へ向かっているようだ。

藤村の部屋か？

ここは学校ではないのだから、なにかあれば自分たちで解決しろなどと言われていなくても、鷹野が訓練生の揉《も》め事《ごと》に教官を介入させようとしているとは思えない。

だから、今の斗貴を藤村に逢《あ》わせようとするのは、『個人的な理由』でしかないはずだ。

名塚が気づいていたのだから、鷹野も藤村と斗貴の関係に感づいていたとしても不思議ではないけれど……まさか。

「あの、鷹野」

「おまえの後に食堂を出た名塚が、変な顔をしていたからな。迷ったが、追いかけて正解だった。……ただ、名塚に対してハッキリとした態度を取らなかったおまえも悪い」

どうして職員棟へ行こうとしている……と尋ねようとした斗貴は、結局なにも口にすることができなかった。

名塚が誘いかけてくるのは、日常のコミュニケーションの一つになっていた。時おりチラリと本気らしい空気を感じても、気づかないふりをしてはぐらかしていた。

曖昧にして、流したほうが……楽だから。

鷹野の言葉はどんな時でも正しくて、いろんなものから逃げるばかりの斗貴の耳には、痛い。

迷わず藤村のネームプレートが出ている部屋の前で足を止めた鷹野は、拳を上げてコンと軽く打ちつける。

「藤村教官、いらっしゃいますか」

呼びかけに返答はない。誰だと問われることもなく、静かにドアが開いた。

顔を出した藤村は、並んで立つ鷹野と斗貴の姿に怪訝《けげん》な表情を見せる。

「俺を訪ねてくるには、珍しい組み合わせだな」

「すみません、ちょっと……揉めていまして。俺は橘を送ってきただけですので、これで失礼します」

藤村に向かって斗貴の背中を軽く押すと、鷹野は小さく頭を下げて廊下を引き返していった。

取り残された斗貴は、気まずい思いで藤村から目を逸らす。

「……入れ」

ドアを開け放した藤村は、短く口にして室内に戻っていった。

迷ったのは、数秒。コクンと喉を鳴らした斗貴は、その後を追いかけてすっかり馴染んだ部屋に入る。

所在無く立ち尽くしていると、斗貴の前に立った藤村の指が首筋に触れてきた。

「へぇ、揉めた……か。珍しくしょぼくれているじゃねぇか。相手は誰だ？　鷹野……じゃないよな」

「……………」

藤村の指に辿られたのが名塚に噛まれたところだと気がついて、咄嗟に手で隠した。

歯の痕跡が残っていたのだろうか。だとしたら、とっくに見られている。隠しても今さらだとわかっているが……。

「あちこちに気を持たせるようなことはするなと、言っただろう。それとも、俺じゃ物足りなかったのか？」

抑揚の乏しい低い声に斗貴はなにも答えられず、無言のまま曖昧に首を振る。逃げを許してくれない藤村に、

「なんか言え。ガキじゃないんだから、だんまりは通用しねーぞ」

そう言いながら軽く拳を打ちつけられて、唇を噛む。

咎《とが》める仕草でもう一度頭を小突かれて、小さな声でぽつんとつぶやきを落とした。

「だって……広く浅くいろんな人間とつき合ってたら、淋しいって感じる暇もないじゃんか。深く入り込まなかったら、失くしたときの喪失感に押し潰されることもない……」

誰か特別な一人に心を預けてしまうと、失った時の喪失感に堪えられない。独りぼっちで取り残されることを考えただけで、怖かった。

傷つくのを恐れて、保身のためにひたすら逃げ回るなど、子供のような臆病《おくびょう》さだとわかっているけれど……。

「おまえなぁ……危なっかしいんだよ」

ぼそっと口にした藤村は、深く息をつく。

苦い口調で投げつけられた「危なっかしい」の意味がわからなくて、うつむいた斗貴は藤村の靴下を凝視した。

「威勢がいいかと思えば、頼りない顔をしてみたり。……危なっかしくて、目が離せねぇ。なぁ、中途半端にふらふらするなら、俺にしろよ」

心臓が……止まるかと思った。

俺にしろ？

その言葉の意味も、藤村がどういうつもりでそんなことを言い出したのかも確かめられなくて、一言も返せない。

「橘？」

「ま、真面目《まじめ》な声で笑えない冗談、言ってんじゃねーよ。なに、おれが修了するか……脱落するまで、カラダを慰め合おうって？　それなら、今もやってるだろ」

ぐらぐらと揺れそうになる心をなんとか自制し、藤村を見上げた。

これ以上藤村に近づいたら、引き返せなくなる。

二年経てば……斗貴がここを出て行くのがわかっているのに、どうして『俺にしろ』などと言えるのだろう。

たとえるなら、飼う気のない野良犬《のらいぬ》に餌を与えるような……親切というオブラートに包んだ、残酷な言葉だと思った。

別離が前提なのに、心を預けてしまうなど絶対に嫌だ。

「おれが本気にしたら、バーカって笑いもんにするんだろ」

「……おまえが冗談にしたいのなら、もういい。その気になった時だけ、ヤリに来いよ」

皮肉な笑みを浮かべた藤村は、嘆息して斗貴に背中を向けた。その広い背中を睨みつけて、唇を噛む。

藤村の纏う空気が重い。でも、こうする以外に……どうしたらよかった？

「今日はどうする？」

ベッドルームのドアを開けて振り向いた藤村に、ゆっくりと首を横に振ってみせた。

ただ身体の欲求を満たすだけのセックスを、もう藤村とはできない……。

「やらない。……おれ、部屋に帰る」

「じゃ、またな」

感情の窺えない声で言った藤村から目を逸らして、廊下へ続くドアを開けた。呼び止める言葉はない。

重い足取りで寮棟へ向かいながら、Ｔシャツの胸元を握り締めた。胸の奥が、ズキズキと痛い。

藤村はずるい。自分の心を明け渡す気はないくせに……斗貴のことは振り回す。

あの腕時計を大事に飾っているということは、持ち主を忘れられない証拠だとしか思えない。斗貴に触るなと言い、あんなに苦しそうな顔で『形見』だと口にするのは、思い出として昇華できていないからだろう。

なにもかも、包み隠さず話せとは言わないが、斗貴は藤村のことをほとんど知らないに等しい。

だいたい、誰かが心に住み着いているのに、自分が割り込む隙間などあるのだろうか。

俺にしろ？　あの『形見の主』を片手に抱えて、もう片方の手で斗貴を御《ぎょ》する気か？

そんなふうに、容易《たやす》く扱えると思われているなら……うなずかなくて正解だった。

すぐそこにあるのが見えているのに、手を伸ばしても届かない……。そんな、たまらないもどかしさを感じる。

「……こんなふうになるから、深くかかわるのは嫌なんだ」

小さくつぶやいた斗貴の声をかき消すように、強い風が木々の枝を揺らす音が響いた。

《七》

翌朝の朝食前、名塚は鷹野と共に斗貴の部屋へやって来た。

斗貴が初めて目にする神妙な顔で、「どうかしていた。ごめん」と言って頭を下げる名塚を見ていると、許さないとは言えなくて……上段蹴り一発で水に流すことにした。

友人としての名塚は好きで、失いたくない。名塚にとっての自分も同じだと信じているのは、思い上がりではないはずだ。

昨日の事態は、悪ふざけが少しだけ行き過ぎてしまったのだと……それでいい。

朝食をとるために、三人で連れ立って食堂へ行く。テーブルにトレイを置いたところで、先に席に着いている藤村の姿が目に留まった。

昨夜のやり取りを考えれば、メチャクチャに気まずい。できれば避けたい。

きょろきょろ視線を巡らせても他に空いている席を見つけられなくて、渋々と藤村の斜め前に腰を下ろした。八人がけの広いテーブルといっても、顔を上げるとどうしても視界の隅に入ってくる。

藤村の存在を否応《いやおう》なく感じるこの状況で、食べられる気がしない。でも、朝食をとらないとハードな訓練に身体がもたないとわかっている。

自分に暗示をかけて、藤村の存在を意識から追い出す。飲み物で無理やり流し込もうと嘆息した斗貴は、食パンを包んでいるビニールを破ってテーブルの上にあるトースターに押し込んだ。

見えない。あそこには誰もいない。よし。

「斗貴。ジャムとマーマレード、交換してあげようか」

トレイにはランダムでジャムやマーマレード、マーガリンが置かれている。朝は、訓練生や職員が一斉に食事をとるせいでカウンター付近は混雑していて、好きなものを選《え》り好みする余裕などない。

斗貴がジャムのほうを好むと知っている名塚は、返事を待つことなく斗貴のトレイに乗っているオレンジマーマレードと自分の苺《いちご》ジャムを取り換えた。

「……名塚。橘を甘やかすなよ」

飲み終わったコーヒー牛乳の紙パックを片手で握り潰した藤村は、席を立ちながら唇を歪めて皮肉な笑みを浮かべた。

「っ……」

意識から追い出すことに成功していたはずなのに、低い声が耳に届いた瞬間全神経が藤村に向いてしまう。

息を呑んだ斗貴とは違い、藤村はなんの含みもない、普段とまったく変わらないと言ってもいい態度で……。

斗貴だけが異様に意識していると、目の前に突きつけられたみたいだ。

「くそ、あの余裕がムカつくんだよな」

食器の返却口に立つ藤村の、派手な蛍光オレンジのTシャツに包まれた背中を睨みながら、名塚が苦い口調でつぶやいた。

それにはなにも答えられず、やっと藤村の気配がなくなったことに安堵《あんど》した斗貴は、焼けたパンにジャムを塗りつけてもそもそと咀嚼する。

ただし、味を感じない。

そろりと見やった鷹野は、マイペースで生の食パンを齧《かじ》っていた。藤村を前にした自分たちのあいだに流れていたはずの微妙な空気など、意に介していない。

「ねー、鷹野。客観的に見て、僕と藤村教官、どっちがいい男？」

そんなふうに矛先《ほこさき》を向けられて、手を止めた鷹野はチラリと横目で名塚を見る。無表情で、淡々と名塚に言い返した。

「……想い人を振り向かせるのに、実力行使という野蛮な手段を選択肢から外すことができたら……もう少し張り合えるかもしれない。そもそも、いい男の基準は好みの問題だろう。客観的な意見などありえない」

「う……おまえの余裕も、たまにムカつくよ」

名塚は、頬を引き攣らせて片手でゆで卵を握った。パキッと殻の砕ける、いい音が聞こえてくる。

今ここで、一番余裕がないのは……おれだろ。

心の中でぼやいて、ストローを刺したコーヒー牛乳の紙パックを握った斗貴は、二人に気づかれないようこっそりとため息をついた。


その後の訓練中も、藤村は前夜の斗貴とのやり取りがなかったかのように態度を変えなかった。

グラウンドの隅で砂埃にまみれながら柔軟体操をする斗貴たちのあいだを、のしのしと威圧感たっぷりに練り歩いている。

「おい、橘。準備運動だからって、手ぇ抜くなよ」

「いてぇなっ」

気を抜くと手に持った竹刀で尻を叩いてくるのも、いつもどおりだった。

必要以上に意識しているのは、斗貴だけだ。

「準備運動が終わったら、ボール遊びをさせてやるぞ。楽しいレクリエーションだな」

グラウンドの隅に転がっていたボールを指差した藤村が、一人だけ楽しそうにニヤニヤ笑いながら口にする。

なにかと身構えたが、言い渡されたのは、瞬発力と反射神経を鍛えるため……という名目のドッジボールだ。意外にも確かに『レクリエーション』のようなもので、なにより懐かしい。

もやもやとした気分を吹き飛ばしたいと思った斗貴は、ドサクサに紛れて敵チームに混じっていた藤村を集中的に狙ってボールをぶつけてやった。

不幸にも股間《こかん》にジャストミートしてしまったのは、狙っていたわけではないが……憶《おぼ》えてろよ、という言葉と共に向けられた凄味《すごみ》のある笑みに、背筋が寒くなる。

単純な遊びほど、ムキになるものだ。

小学生以来のドッジボールに熱中し、全員でへとへとになるまでグラウンドを駆け回った後で、楽しそうな顔をした藤村が「午後は教室で爆発物処理の講習をした後に、海で遠泳だ」と口にしたのは……わざとかもしれない。体力を使わせておいて、わざわざ過酷な訓練に挑ませるつもりだろう。

……睡眠不足で身体がだるいのに、最も体力を消耗する海での遠泳か。

憂鬱な気分でそう考えた斗貴は、藤村と目が合った途端、しぼんでいた気力が漲《みなぎ》るのを感じた。

疲れている、なんて悟らせない。消沈している原因が昨夜のあれこれだと、語らずとも察せられるに決まっている。

藤村は平然としているのに、自分だけが弱っている姿を見せるものかと、背筋を伸ばして無表情の藤村を睨みつけた。

□□□

「脱いでいいのは、靴と靴下だけだからな。次からは、靴まで履いた状態で泳がせるぞ」

波打ち際から少し離れた砂浜で、靴と靴下を脱ぐよう指示される。斗貴たち訓練生は、持参した着替え一式とタオルを脱いだ靴の上に置き、熱い砂の上を歩いた。

海での遠泳は、すべて着衣のまま行われる。

不慮の事故で水に落ちる時に、いつも用意よく水着を着ているか？　というのが理由だが、最初はムチャクチャさせやがる……と頭を抱えそうになった。それも三回目となれば、すっかりと慣れてしまった。

海で着衣遠泳という無茶なことをするわりに、今まで一度も水難事故が起きたことはない、というのが不思議だが……ギリギリのところで制御してくれているということだろう。

「ゴールは前回と同じ、あの大岩だ。今日は風があって波が高いから、ヤバそうだと思ったら早めにギブアップしろよ」

藤村は、浮き輪やライフジャケットを載せたモーターつきのボート上から斗貴たちを監督するのだ。優雅に高みの見物か、とは……考えないようにしている。

ゴールに設定されているのは、沖へ三キロほど行ったところにある小島のような大きな岩で、そこまでは比較的潮の流れが穏やかだ。ただし大岩を越えると、複雑な潮流が入り組んでいるらしい。

準備体操を終えた斗貴たちは、両手首に蛍光イエローの軽いプラスチック製リストバンドを巻きつけて、波打ち際に足を浸した。万が一溺れそうになった時は、どちらかの手を上げて藤村に合図し、助けを求めることになっている。

足元を洗う波は、このあたりの海水温が高いといっても少し冷たく感じる。

「なぁ、橘。俺、いつも思うんだけどさ……このあたりの海、鮫《さめ》とかいそうじゃねぇ？　それも、人喰《ひとく》いのデカいヤツ」

「……考えるな」

隣に並んだ訓練生に話しかけられた斗貴は、あえて考えないようにしていたことを尋ねられて頬を引き攣らせた。

藤村のボートに、物々しい水中銃やモリが装備されているのを見てしまったことがある、とは……教えないほうが親切だろう。

「心の準備はいいかー？　スタート！」

藤村の合図と同時に、沖に向かって歩を進めた。

カーキ色のズボンの裾《すそ》が海水を吸い込み、あっという間に重くなって足に纏わりついてくる。Tシャツはそれほど邪魔にならないが……せめて、ズボンは脱ぎたい。

少しずつ水深が増し、胸元まで海水に浸かったところで足を浮かせた。

「ぶっ、マジで波が高……」

顔を出したまま平泳ぎをしていると、たまに大きなうねりが押し寄せてきて顔面に飛沫《しぶき》が散る。海水はヒリヒリと目に沁みるので、たまらない。

最初は十六人が固まって泳いでいたけれど、進むにつれて少しずつバラつき始めた。それなりに泳力に自信のある人間ばかりといっても、差が出てしまうのは仕方がない。

最初は無駄話をする余裕があった斗貴も少しずつ息が上がってきて、必死で手足を動かし続けた。

……苦しい。悠々とボートに乗っている藤村を、海に引きずり込んでやりたい。もしくは、船底を蹴って転覆させてやろうか。

そんな妄想で気を紛わせながら、ひたすら両手で水を掻く。

海水には浮力があるので、沈まない……というのは、あくまでも裸でいる場合の話だ。斗貴たちのように服を着ていると、手足の動きを止めた途端沈みそうになってしまう。

足の下に広がる暗く冷たい海の底へ、延々と沈んでいく……。

そんな想像をするだけで、首の後ろがゾクゾクと寒くなった。

「ぐぁー……死ぬ……」

やっとゴール地点の大岩に辿り着いた時には、酸素不足のせいか頭がくらくらしていた。

波に運ばれた砂が溜《た》まってできた狭い砂浜に転がり、青空を見上げる。降り注ぐ太陽の光が眩《まぶ》しくて、目の上に腕を置いた。

背中で感じる白い砂はたっぷりと熱を含んでいて熱いけれど、身体に張りつく濡れたTシャツやズボンが冷たいので、気持ちいい。

次々と海から上がってきた訓練生たちも、斗貴と同じように荒い息をつきながら無言で砂浜に転がった。

ゴールといっても、ここまで来たからには帰らなければならなくて……。

再び同じ距離を泳ぐのかと考えただけで、うんざりとした気分になる。

少し休憩した斗貴は、のろのろと重い身体を起こして、砂浜に点在する訓練生の頭数を数えた。

一、二、三……十四。二人、足りない？
「誰がいないんだ？」

ヤバイ……と思ったが、藤村が砂浜につけたボートに二人が乗っていることに気づいて、肩の力を抜いた。

どうやら、途中で力尽きそうになってギブアップしてしまったらしい。

「橘、点呼。人数足りるか？」

ボートから降りた藤村に尋ねられて、大きくうなずく。

「その二人を入れて、十六名。全員います」

「よし。少し休憩だ。波があるせいか、予定より時間がかかっているからな。日が落ちる前に帰りてぇから……二十分後にここを出るぞ」

防水のダイバーズウォッチを覗きながらの言葉に、「へーい」という力のない返事が、パラパラと上がる。

普段なら、即座に藤村から「しゃっきり返事しやがれ」という怒声が飛んでくるはずだが、苦笑一つで流される。さすがに、疲れ切っているのがわかるのだろう。

だるい……眠い、と思いながら砂の上に座り込んで青く澄んだ海を眺めていた斗貴は、藤村が一人一人になにかを手渡しながら歩いてくるのに気がついた。

斗貴の脇で足を止めて、頭の上に手を乗せられる。

「橘。手ぇ出せ」

「んだよ？」

なにをする気だと思いながら恐る恐る右手を出すと、「逆だ」と笑いを含んだ声で言いながら手のひらを上に向けられた。

藤村が手にしている容器から、ザラッと硬いものが移される。

「……チョコレート？」

手のひらに転がっていたのは、カラフルな糖衣を纏った碁石《ごいし》のようなチョコレートだった。子供の頃に食べた記憶がある。おもちゃみたいに鮮やかな色が、なんだか懐かしい。

「身体、だるいだろう。カロリーとっておけ」

ポンポンと斗貴の頭を軽く叩いて背中を向けると、次の訓練生に声をかけている。

こういうさり気ない気遣いをするから、藤村をただの鬼だと思えなくなるのだ。厳しさと手加減の絶妙なバランスが、反感だけを抱かせてくれない。

入所してすぐの頃、消灯後にコッソリ部屋を抜け出していた斗貴と何度か顔を合わせたのも、実のところは厳しい訓練に耐えられなくなって精神状態が不安定になる訓練生が毎年何人か出るので、気晴らしの話し相手になっていたらしい。

斗貴に、欲求不満を解消するための相手になってやる……と誘いかけたのも、そんなボランティアの一環なのではと疑いたくなってしまう。

固い砂糖でコーティングされたチョコレートをコリコリと噛み砕きながら、埒《らち》が明かないことを考える。

甘いチョコレートは、口の中に残る海水独特の潮臭さを消してくれた。疲労で重かった手足にも、わずかながら力が戻っている。

「そろそろ出発するか。おいおまえら、今日の晩飯は肉だぞ。牛丼だ。それを励みにしっかり泳げよ」

食べ物で釣ろうとする藤村に、おれたちは動物か……と心の中でつぶやく。

パッと表情を明るくした他の連中も含めて、自身もしっかり釣られている自覚があるから、尚更情けない気分になるのだが。

砂浜から立ち上がると、濡れたTシャツの背中に付着していた砂がパラパラと落ちた。

一歩踏み出して足の裏が粒子の細かい砂に埋もれた瞬間、足元がグラッと揺らいだような感覚に襲われる。

……なんだ？

眉を顰めて動きを止めた斗貴に、隣にいる訓練生が話しかけてきた。

「橘、なんか顔色悪くねー？」

「いや、なんともない。行くぞ」

軽く頭を振った斗貴は、平気だと笑って答えた。

藤村に、「寝不足で体調が悪いからボートに乗せてくれ」などと、絶対に頼みたくない……という意地が、斗貴を突き動かしている。

波打ち際に立って足元に海水を感じた途端、ゾクッと寒気が背中を這《は》い上がった。それも無視して顔を上げ、訓練所の施設がある島を眺める。

緑で覆われた島は、傾きかけた太陽に照らされて淡いオレンジ色に輝いて見えた。

□□□

「は……ぁ」

水でふやけて感覚の鈍い指を伸ばすと、湿った砂の感触があった。

下半身は未《いま》だに波をかぶっているけれど、息ができるということは、少なくとも首から上は砂浜にあるらしい。

手足を投げ出した斗貴は、目を閉じたまま深呼吸を繰り返した。

「……足がつくって、素晴らしい……」

深い水にどんどん落ちていく時の絶望感を思い出すと、こうして地面のあるところにいることがいかにありがたいか、よくわかる。

そうして、どれくらい身体を横たえていただろう。

濡れた身体に吹きつける海風が冷たい……と感じた斗貴は、砂に両手と膝《ひざ》をついて身体を起こした。

ハイハイをする赤ん坊のようだ……と苦笑しつつ砂浜を這い、重い身体をなんとか濡れない位置に移動させた。

再び砂の上に寝転がって息をつき、濃いオレンジ色とラベンダー色が混在した夕焼けの空を見上げる。

もう少しで死ぬところだったという実感がじわじわと込み上げてきて、肩を震わせた。

「溺れそうになる、とか……みっともねーな」

訓練所のある島に向かって泳ぎ始めてから、十分も経たずに溺れかけてしまったのだ。

大きな波を頭からかぶり、なにかに引きずり込まれるように海に沈んでからは、無我夢中だったと思う。

パニックにならないよう自分に言い聞かせながら、邪魔になるズボンを海中で脱ぎ捨てて水を蹴った。

そうしてようやく波間に頭を出した時には、大岩から外海に流されていた。

見渡しても周りに訓練生の姿はなく、大きなうねりの向こうにわずかに藤村のボートが見えた。ただ、声を上げても聞こえない距離だ。

海流に逆らって無理に泳ごうとしても、無駄に体力を消耗するだけだと教えられていたので、できるだけゆったりと手足を動かして沈まないようにだけ気をつけながら、近くにあった小島を目指した。

なんとか小島に辿り着いた今は、生きていることに安堵するのみだ。本気で死ぬかと思ったのは、ここに来て初めてかもしれない。

「おれ……悪運、強ぇな」

独りぼっちの心細さを誤魔化すように、わざと口に出してつぶやく。

一安心したところで、気になることがいくつかあった。

不意の高波をかぶって、引きずり込まれるように海中に沈んだのは、斗貴だけではなかったはずだ。

あいつらはどうなったのだろう……と、目前に広がる海に目を凝《こ》らしてもなにもわからない。

それに、こんな……どう見ても無人島に流された自分は、どうやって訓練所のある島に帰ればいいのか見当もつかない。しかも、身につけているのは黒いTシャツとトランクス、ついでに蛍光イエローのリストバンドのみだ。

唯一の光源である太陽は、水平線の彼方《かなた》に消えようとしている。この小島に泳ぎ着いた時は明るさの残るオレンジ色だった空も、今では深い紺色へと変わろうとしていた。

今が何時くらいなのか、時計を持っていない斗貴にはわからない。大岩を出て、一時間も二時間も経っているようにも感じる。

日没までに到着できるよう大岩を出発したのだから、他の訓練生たちはもう島に泳ぎ着いているだろう。

そろそろ、斗貴がいないことに気づいてくれただろうか。今の斗貴は無力で……誰かが助けに来てくれるのを、ここでじっと待つしかない。

もし、誰も見つけてくれなかったら……人知れず、ここで……。

「いやいや、考えるなって」

怖いことを考えそうになった斗貴は、大きく首を左右に振ってマイナス思考を頭から追い出した。

誰かが捜しに来てくれるはず……と思った瞬間。

当然のように斗貴の頭に浮かんだのは、恐ろしく整った顔をしているくせに容姿を裏切る凶悪な性格の男だった。

見た目からはそれほどの力を秘めているとは想像がつかないのに、片手で悠々と大型バイクを操る。口癖は吐き捨てるような「ボケ」で、挨拶代わりのように人の尻を竹刀で殴っていく。

斗貴を腕に抱く時だけ……目から鋭い光が消えて、どこか無防備な表情を見せる。

普段とのギャップが激しいせいか、ベッドの中ではひどく優しく扱われているように感じるのだ。

それが照れくさくて、ヤツ曰《いわ》く「可愛くねぇ」態度ばかり取ってしまうのだが……。

「……ふ」

危機に直面した斗貴が考えるのは、藤村のことばかりだ。それがなんだかおかしくて、意識せず苦い笑みが唇に浮かんだ。

いつもだと憎たらしいばかりの藤村の顔を脳裏に描くと、不思議なくらい落ち着いた心情になる。

「寒ぃな」

太陽が完全に水平線の向こうへと隠れてしまうと、濡れたTシャツがますます冷たく感じるようになった。

腕には鳥肌が立っているし、小刻みに身体が震える。

肌に張りつくじっとりとしたTシャツの裾を握り、いっそこれを脱ぐべきか考えていると、遠くからなにか……人工的な音が聞こえてくるのに気がついた。

波音ではない。エンジン音……か？

「誰か、捜しに来てくれたのか？」

漁船が通りかかる場所ではないので、養成所の関係者だとしか思えない。

斗貴はのろのろと砂の上に立ち上がって、海を眺めた。エンジン音は少しずつ近づいてきて、小さな島の陰から水上バイクが現れる。

すでに日は沈んでいたが、雲ひとつない夜空と丸々とした満月が幸いして海上は驚くほど明るい。月光を反射しているのだろうけど、斗貴には銀色の水上バイクが自ら輝いているように見えた。

その水上バイクは、小島や海上に突き出た大きな岩を一つ一つ見て回っているらしく、群《ぐん》青《じょう》の海に白い航跡を残して蛇行している。

大声を出してもエンジン音にかき消されて聞こえないだろうし、そのうちここへも来てくれるだろう……。

そう思い、波打ち際に立ち尽くしたまま水上バイクの行方《ゆくえ》を目で追った。

やがてバイクの人物が波打ち際に立つ斗貴に気づいたらしく、一直線にこちらへ向かってくる。

浅瀬でエンジンを止めて水上バイクを砂浜につけると、ゴーグルを押し上げて大股で近づいてきた。

きっと捜し出してくれると、なんの根拠もなく信じていたその人物は……。

「……藤村、教官」

オレンジ色のライフジャケットを身につけた藤村は、無言のままギュッと眉を寄せ、斗貴の顔に手を伸ばしてきた。

殴られることを覚悟して咄嗟に目を閉じると、強く奥歯を噛み締める。

「……ッ」

ところが、大きな手が振り下ろされることはなく……やわらかく両頬を包んで顔を上げさせられて、恐る恐る目を開いた。

険しい表情をした藤村は、無言で斗貴の顔や首筋、肩、腕……とあちこちに触れて異常がないことを確かめているようだ。

ひと通り確認して満足したのか、大きく肩を上下させた次の瞬間、力強く抱き寄せられた。

頬に当たるライフジャケットが、硬い……。

「……すまなかった。目を離した俺が悪い」

感情を抑えた低い声で謝罪されて、驚きに硬直していた斗貴はビクッと肩を揺らした。

失態を叱責《しっせき》されるのではなく、藤村が謝るとは……天地が引っくり返ってもありえないことだと思っていた。

身動き一つできない斗貴を腕に抱いたまま、藤村は低い声でつぶやいた。

「生きた心地がしなかったぞ。参った」

ぐしゃぐしゃと後頭部の髪をかき乱されて、斗貴はじわりと胸の奥が熱くなるのを感じた。

鼻の奥がツンと痛くなり、みっともなく目の前が白く霞《かす》む。うっかり涙腺《るいせん》がゆるみかけたのを誤魔化したくて、コクンと喉を鳴らした。

「訓練生を監督する、義務と責任があるから……？」

そう口にした瞬間、斗貴の背中にあった藤村の手に痛いほどの力が込められた。ふっと斗貴を抱き寄せていた腕が離されて、ゴツッと額を打ちつけられる。

痛いと抗議しかけた斗貴は、至近距離で目にした藤村の強い視線に文句を呑み込んだ。

「おまえ……俺がどんな気持ちでおまえを捜していたか、わかるか？　鮫に襲われたかもしれない、海流に乗って、もっと遠くに流されたかもしれない。せめて遺体だけでも見つかってくれ……と、そう……」

言葉を切った藤村が、ギリッと奥歯を噛み締める音が聞こえた。

睨みつけるように視線を絡ませていた斗貴から、引き剝《は》がすように目を逸らした。

「もういい」

「あ……」

吐き捨てるように言うと、藤村は表情を隠すように斗貴から顔を背ける。摑まれていた頭が解放された途端、何故か胸の奥がズキズキと痛くなる。

ゴメンとありがとうを素直に言えない自分が、もどかしい。

どう声をかけるか迷った斗貴の頭に、本当は一番に確かめなければならなかったことが浮

かんだ。

「あのっ、他のヤツらは？　沈んだの、おれだけじゃないだろ」

「全員無事。行方不明になっていたのは、おまえだけだ。ああ……ちょっと待ってろ」

斗貴に答えて大きく息をついた藤村は、水上バイクのところへ歩を進めて「橘を見つけました。今から戻ります」と短く口にした。

大きな背中に遮られて斗貴からはよく見えないが、無線のようなものを積んであるのだろうか。

「ライトがねぇんだ。雲が出て月が翳《かげ》ったら、身動きが取れなくなる」

藤村は自分が着ていたライフジャケットを脱いで斗貴に着せかけると、手早く水上バイクのエンジンをかけた。

ぼんやりと突っ立っている斗貴を振り向き、後ろに乗れと目で促してくる。藤村と密着するのを避けたくて、遠慮がちにシートに跨《また》がって銀色のボディに手を置いた。

「おい……しっかり摑まってろよ。振り落とされるぞ」

シートの端を摑んでいると、藤村に抱きつくように腕を引っ張られる。

海に落ちるのは遠慮したい。海水をこれ以上飲みたくないし、しばらくは泳ぐのもごめんだ。

仕方なく、引き締まった腹に手を回した直後、急発進する。

「わ……っ」

グッと加速した水上バイクは、男二人分の重量をものともせず予想以上のスピードで海の上を滑る。

その上、うねりに乗り上げたりするものだから激しく上下して、斗貴は必死で藤村の身体にしがみついた。

頬をつけた藤村の背中が、あたたかくて。

……生きてるんだ、と改めて感じた。

□□□

ポツポツと見えていた明かりが、ぐんぐん近くなる。

港に降り立つと、ガクガクと自分の足が震えているのに気がついた。考えないようにしていた『怖い』という感情が、ホッとした途端湧き上がってきたようだ。

それでも斗貴は、精いっぱいの虚勢を張ってまっすぐ背中を伸ばした。

「思ってたより元気だな」

青クラスの教官に肩を叩かれ、「ご迷惑をおかけしました」と頭を下げる。

藤村や他クラスの教官だけでなく、職員がほぼ総出で斗貴を捜していたのか、大勢に次々と声をかけられて身を竦ませた。

詳しいことは後にして、ひとまず上に戻ろう……と、マイクロバスに乗せられる。バスの中には石原がいて、どこか異常はないかと穏やかな声で尋ねられる。

「平気です。おれ、基本的に頑丈なんで」

「それはよかった。海水、飲んでない？　気分が悪かったりは？」

「ちょっとは飲みましたけど……。それより、腹が減ったかも」

「……空腹を感じることができるなら、本当に大丈夫そうだね」

斗貴の言葉を聞いた石原は、よかった……と言いながら表情をゆるませた。

歩けば一時間以上、全力で走っても三十分はかかる坂を、バスなら十分そこそこで登り切ることができた。こんなふうに楽に移動させてもらえるのは、きっと最初で最後だ。

グラウンドの裏側にある駐車場で停まったバスから降りると、自分のバイクで先に到着していた藤村が待ち構えていた。

「橘」

無言で大きなバスタオルを腰に巻きつけられ、下半身につけているのがトランクス一枚だと今更ながら思い出す。周りは同性ばかりなので、まったく意識していなかった。

「ふーん……他の男に、生足を見せるなって？　私はしっかり見ちゃったけど」

斗貴と一緒にバスを降りていた石原がそっぽを向いてつぶやくのに、斗貴は焦って視線を泳がせた。

まさか、そんな理由ではないだろう。

「ツッコまないでほしいですね」

……けれど、石原のつぶやきが聞こえていたらしい藤村が言い返した言葉に、唖然《あぜん》と目を見開く。

冗談か？　そうでなければ、この男、どうにかなってしまったのではないだろうか。

「……風呂や訓練中に、散々見せ合ってんだろ。部屋でもパンツ一枚だったりするし」

恐る恐る口にした斗貴に、

「状況が違えば、見え方や感じ方も違うんだよ」

藤村は、不機嫌な声でそう返して顔を背ける。斗貴の背中を軽く叩いて場を離れ、他の人と話し始めてしまった。

なんなんだ？　どう言えばいいか……藤村の周りの空気が違っていて、戸惑う。

「橘くん」

「は、はいっ」

背後から呼びかけられて反射的に振り向くと、入所式の時に一度だけ顔を見たことのある

背を伸ばす。

「ありがとう。SDの大臣……いや、一番のお偉いさん……と、背を伸ばす。


初老の男性が立っていた。

斗貴の記憶が正しければ、ここの所長だ。つまり、一番のお偉いさん……と、背を伸ばす。

「詳しい話は明日聞くから、今日はゆっくり休んでください。無事でよかった」

引退までの二十年近く大臣のＳＤをしていたという、がっしりとした大きな身体だ。それに似合わない……と言ったら失礼だが、威圧感のない穏やかな声をしている。

「はい。ご迷惑をおかけして、すみませんでした……」

所長は深く腰を折った斗貴の肩を軽く叩き、建物の中に消えていった。

頭を上げて息をつくと、振り向いた藤村と目が合った。

「橘、風呂に入って飯を食いに行け。食堂に用意してくれている。心配してたから、他のヤツらに無事な顔を見せてやれ」

「うん……」

うなずいた斗貴に、手に握ったなにかを差し出してくる。反射的に手のひらを上に向けると、乗せられたのは冷たい金属……？

「……俺が戻るのは夜中だと思うが、中に入って待ってろ」

藤村は潜めた声でそれだけ言って、他の職員たちとの話に戻った。

手のひらに視線を落とすと、渡されたものの正体は銀色の鍵だった。待ってろと言うからには、藤村の居室のものだろう。

藤村と二人で向き合えば……意味不明な態度の理由が、わかるか？

斗貴を自分のテリトリーに誘い込み、どうするつもりか知らないけれど、呼ばれたからには行ってやる。

ケンカを売られたような気分になりながら、斗貴はギュッと強く手を握り締めて寮棟へ向かった。

《八》

食堂に一歩足を踏み入れて、目が合った瞬間。

「橘ぁーっ！　生きてたー！」

駆け寄ってきた田村の太い腕がガシッと首に回されて、ぐえ……とつぶやいた。

まだ誰も使っていない風呂に入って、Tシャツと綿のパンツというラフな格好に着替えた斗貴が食堂に顔を出すと、集まっていたクラスの連中に取り囲まれてもみくちゃにされてしまう。

「待てってて。おれ、腹減ってんだけどっ！」

「はい、橘くん。ご飯。……しっかり食べるのよ」

輪の中心でジタバタもがいていると、テーブルの上に大きな丼《どんぶり》の載ったトレイが置かれた。

顔を上げると、食堂を管理している女性の一人が立っている。わざわざ厨房から出て、持ってきてくれたらしい。

その上、無事帰ってきてくれてよかった……と涙ぐまれてしまった。

「イタダキマス！」

パンと手を打ち合わせて、箸《はし》を手に持った。

丼に大盛りの牛丼と、見舞いの意味かデザートにプリンまで添えられている。ありがたくガツガツと貪《むさぼ》り食っていると、周りの訓練生に遭難しかけた人間だと思えん……などと苦笑されてしまった。

少し離れたところにいる鷹野や名塚とも目が合ったけれど、赤クラスの連中に囲まれているせいで遠慮しているらしく、遠くから手を振るだけで近づいてこない。

「食い終わったら、武勇伝を語れ」

「……語るほどのものは、なーんにもねぇよ」

「なんだよ、つまんねーな。鮫に遭遇して戦ったとか、面白いコトはなかったのか？」

「遭遇してたら死んでるだろっ！」

面白おかしく絡んでくるのは、斗貴が無傷で無事だったせいだとわかっているけれど、つまらないと落胆されるのは理不尽だ。

藤村教官に呼び出されている、と言ってなんとか騒ぎから抜け出した頃には、消灯が近い時間になっていた。

こうしていつもどおりに廊下を歩いていると、ほんの数時間前に本気で死ぬかも……と感じていたことなど、忘れそうになってしまう。

「おれ、ホントに頑丈だなぁ」

夕食をしっかりと食べたからか、疲労もさほど感じない。アクション映画に出てくる主人公に匹敵するタフさだと、自分でも笑えてくる。鬼のような訓練で、日々鍛えられている成果だろうか。

職員棟に入ってすぐのところにある藤村の部屋の前に立ち、深呼吸を一回。ノブに手を伸ばしかけて思い直し、一応扉をノックする。

鍵は斗貴が預かっているけれど、こんな時間になってしまったのだから、スペアキーを使って部屋に戻っているかも……と思ったのだ。

少し待っても返事はない。まだ、他の職員と話しているのだろうか。

「お邪魔します……」

誰に言うでもなくつぶやいて、鍵を開けた。

本人が有無を言わさず鍵を押しつけてきたのだから、コソコソする必要はないと思いながらも、なんとなくそーっと藤村の部屋に入る。

真っ暗な部屋に電気をつけて、玄関を入ってすぐのところにあるキッチンスペースを通り抜け、リビングの小さなテーブル脇に腰を下ろした。

昨夜のこの部屋でのやり取りを思い出すと、なんだか落ち着かない。丸一日も経っていないのに、何日も前のことのようだ。

小さく息をついてテーブルに額を打ちつけたと同時に、ドアの開く音がした。

ビクッと身体を震わせて、伏せていた上半身を起こす。

「お邪魔、してます」

「……ああ」

一瞬だけ斗貴と目を合わせた藤村は、ゴソゴソと靴を脱ぎながらボソッと口にする。

見慣れた、蛍光オレンジのTシャツと黒いズボンのままだ。

「悪い、ちょっと着替えさせてくれ」

部屋に上がると疲れの滲む顔でそう言って、衣装ケースからTシャツとスウェットのズボンを取り出した。

砂が落ちる……とぼやきながら玄関口で着替え、冷蔵庫を開けている。初めて斗貴がここを訪れた時と同じ銘柄のビールを手にして、戻ってきた。

「ほら」

「……どうも」

差し出された缶に、おずおずと手を伸ばす。

プルトップを起こした藤村は、グッと喉を反らしてビールを流し込んだ。テーブルに缶を置くと、大きくため息をつく。

斗貴は、反射的に受け取ったのはいいけれど、口をつける気になれなくて……冷たいビールの缶を両手で握った。

「……あたためて飲む気か。変わった嗜好《しこう》だな」

「別に……そうじゃないけど」

ボソッと返すと、沈黙が落ちる。

空気がいつもと違う。会話が続かない。斗貴が、藤村の台詞《せりふ》に突っかからないせいだろうか。

水でも飲むようにビールを飲み干した藤村は、なぁ……と前置きをして口を開いた。

「おまえ、あの程度の波に流されるようなヤワな基礎体力してないだろ。体調もよくなかったのかもしれないが……気ぃ抜いたな？」

図星を指されて、ドクンと心臓が大きく脈打った。

誰のせいだ、と言いたい。斗貴の気を乱すのは、藤村なのに……。

なにより、昨夜あんなふうに別れておいて、もう忘れたかのように平然としている藤村が憎たらしい。

いつも……斗貴だけが惑い、翻弄されている。藤村のように、泰然としていることなんかできない。

全部、全部……。

「……んたのせい、じゃんか」

「ああ？」

ギュッと膝の上で両手を握り締めた斗貴は、隣の藤村を見上げて端整な顔を睨みつけた。

「あんたのせいだっ！　昨日、あんなこと言ったのに……なかったみたいな顔をして。いっつも、おれだけ振り回されてる」

「なに言ってんだ、ボケ。逆ギレか？　俺にしろと言ったのを、冗談にしてかわしたのはおまえだろうが！」

藤村が声を上げると同時に、バンッとテーブルを叩く派手な音が聞こえる。

しばらく、無言で睨み合い……どうしてこんなに殺伐とした気分で藤村と向かい合っているのだろう、と頭の片隅に疑問が過った。

パンパンに膨らんだ風船がスッとしぼんだような気になり、斗貴は噛み締めていた奥歯から力を抜いた。

「だって……あんたは、忘れられない人がいるんだろ。あの腕時計の持ち主。一番になれないのがわかっていて、一番になりたがる自分も嫌だし……なにより、おれの中であんたを特別な存在にしたくなかった」

言うつもりのなかった恨みがましい言葉が、藤村に向かって溢れ出してしまう。

藤村は、こうして情けない言葉を零す斗貴を、どんな表情で見ているのだろう……。

知りたいのに確かめるのが怖いなんて、矛盾している。顔を上げられない。

「……人を」

沈黙を破った低い声に反応して、ビクッと肩に力が入る。

「誰かを好きになるのは、怖いか？」

静かな声……。だけど、誤魔化しや逃げは許さないという威圧感がある。

緊張のあまり指先が冷たくなってきて、斗貴は震えそうになる手を強く握り締めた。

必死で隠していたつもりの弱さを、見抜かれている。この男にはなにもかもお見通しなのだと、諦めが胸の中に広がった。

「……怖い。好きになって……誰かに心を預けて、いきなり放り出されたら……って思うと、怖い、よ」

小さな声で、秘めていた弱さを吐露する。

頼りなく震える情けない声を、藤村は嘲笑しなかった。

「おまえくらいの年のヤツには、ちょっと珍しい考え方だな。……なにがあった？」

静かに言いながら、握り締めた斗貴の手を藤村の大きな手が包み込むようにして、触れてくる。

もう……ダメだ。なに一つ隠せない。

虚勢を手放した斗貴は、顔を上げることはできないまま、その手を見据えながら唇を開いた。

「おれ、十五の時に目の前で両親と妹を一度に亡くしたんだ。駐車場に停めた車から出た直後に……あっという間だった。後になって、暴力団関係者と同じ車種と色だったせいで間違われたって聞いた」

相手はたった一人だったけれど、消音器を取りつけた銃で確実に急所を狙い、即座に人込みに紛れるという完璧に訓練された動きだった。

斗貴が一人だけ難を逃れたのは、座席の下に落とした携帯電話を探していたため車から出るのが遅れたのと、相手からは死角になる位置にいたせいで……完全な偶然だった。

刑事には「運がよかった」と言われたけれど、斗貴自身は、それを幸運だったと感謝したことは一度もない。

「おれは、倒れた家族をぼんやりと見ているだけでなにもできなかった。あの時の喪失感を思い出しただけで、真っ暗な穴の底に落ちていくような感じがする。特別な一人を作らなかったら、常に誰かが傍《そば》にいてくれる。独りぼっちになることはない……」

高校を卒業するまで面倒を見てくれた伯父《おじ》夫婦は優しかったけれど、斗貴の中にある喪失感は埋まらなかった。

あれ以来失うのが怖くて、特別な存在を作ることができなくなった。でも、一人は淋しいから傍にいてくれる人間を求める。

自分が弱いことはわかっているが、特別な一人に傍にいてほしいとすがることができずに、不特定多数のあいだをさ迷い続けた。

誰かにこの話をするのは、初めてだった。無駄にプライドの高い斗貴は、自分の弱いところを他人に見せたくないと意地を張り、身体を重ねた相手にも心の中を覗かせることはなかった。

でも、こうして口に出すと、あれから何年も経つのに……たまらない寂寥感《せきりょうかん》がよみがえりそうになる。

書類を作るのに印鑑が必要だからと言われて、取りに戻った自宅の庭には、母親が朝に干していた洗濯物がそのままの状態で風に揺れていた。玄関には、妹が出先で家に忘れてきたと大騒ぎしていたレースのハンカチが落ちていた。父親に宛てた郵便物がポストに入っていたけれど、それを見る人はもういない……。

続いていくはずだった日常が崩れるのは、これほど容易いものなのだと突きつけられ、嘲《あざ》笑《わら》われているようだった。

「……甘ったれんな」

押し殺した低い声と共に、痛いほどの力で手を握られる。驚いて顔を上げると、両手で頭を摑まれた。

顔を寄せてきた藤村の、斗貴を見据える強い目から逃げられない。

「おまえくらいの年じゃ、あまりないかもしれないがな……あと十年、俺らくらいになれば、身内と一人も死に別れたことがないって人間のほうが少なくなる。でもな、怖いから誰も好きにならないなんて臆病なことを言うやつはまずいない。人間は『忘れる』ってことができるからだ。どんな絶望でも、淋しさも……感じた時のまま持続し続けることは難しいからな。まぁ、同じ理由で恋愛の終わりもあるんだろうが」

厳しい言葉が、藤村らしい。甘えるなと言いながらも、斗貴を見据える目には苦しそうな色が滲んでいる……。

なにより、斗貴の扱いを心得ているのが悔しい。両手で抱いて優しい言葉で慰められるよりも、こうして一人でしっかり立てと突き放されたほうが、意地っ張りで強情な斗貴には有効だとわかっているのだろう。

深呼吸をして肩を上下させた斗貴は、藤村から目を逸らさずに言い返した。

「なら……あんたは、どうなんだよ。あの腕時計の主は……友達じゃなくて、もっと特別な相手だったんだろ？　忘れたのか？」

「忘れた……とは言わねぇ。でも、あいつの腕時計を置いてあったのは、感傷的な理由より自分に対する戒めだな」

来い、と腕を引いて立ち上がらされ、藤村についてベッドルームへ入った。部屋の電気をつけた藤村が指差した、ベッドヘッドの部分に目を向ける。

「…………」

そこにあったはずの腕時計は、白いハンカチごとなくなっていた。

不思議に思って藤村を見上げると、斗貴と目を合わせることなく先日まで時計の置かれていた場所に視線を落としている。

「石原さんに返した。死ぬまで持っていようと思っていたが、新しく始める前に過去は清算するのが誠意だろうと言われて……」

「石原センセ?」

どうしてそこで石原の名前が出るのか、わからなくて……。つい零れ落ちた疑問が、藤村の言葉を遮ってしまう。

「おまえ、石原さんと話したんじゃないのか?」

怪訝な顔で見下ろされて、斗貴は首を横に振った。

石原から腕時計の話を聞き出そうとしたのは事実だが、本人に直接聞けと言われて教えてもらえなかったのだ。

それを告げると、藤村はなんとも形容し難い顔をした。

「相変わらず、あの人は……うまく人間をコントロールするな。……あの腕時計の主は、石原さんの弟なんだ」

その瞬間、斗貴はぽかんと口を開けてしまった。

親しそうだとは思っていたし、古いつき合いということもわかっていたが、予想もしていなかった関係だ。

「俺が人を殺したって噂、聞いたことあるんじゃねぇか？　あれな……本当だ」

「あ……」

心臓が大きく脈打った。

以前、一度だけ耳にしたことのある噂だ。本当だと、やけにあっさり言い放ったくせに藤村は真顔で、冗談やふざけている口調ではない。

だから、なにも答えることはできなかった。

口を噤む斗貴に、藤村は苦笑交じりの声で「そんなにビビるな」と続けた。

「直接手を下したわけじゃない。でも……俺が、あいつを殺した。俺の話を聞く気はあるか？　聞いたら……もう、逃げられないかもしれんぞ」

迷いは一瞬で。

藤村と視線を絡ませた斗貴は、大きくうなずいた。

「聞く。……聞きたい」

□　□　□

「俺が……ここを修了した後、N国の大使を護衛していたのは知っているか?」

ベッドに並んで腰かけた藤村の言葉に、斗貴は小さくうなずいた。具体的な国名は初めて知ったけれど、大使の護衛についていたことは耳にしたことがある。

「あの頃のN国は、隣のU国と一触即発の関係だった。国内外で、N国の関係機関を狙ったテロやら要人の暗殺未遂事件が頻発していて、俺たちガードする人間は四人がかりで大使につきっきりの状態だった」

話を聞いているだけの斗貴でさえ、緊張で肩が強張った。

四人がかりで徹底的にガードしなければならないということは、本当に危険な状態だったのだろう。常に周りに神経を張り巡らせ……気が休まる間などなかったに違いないと、容易に想像できる。

「……どう見ても無関係な子供を使ってまで暗殺しようとするとは、思わなかったんだ。完全に俺の慢心だ」

「子供……?」

そのキーワードに、斗貴はふと嫌なことを思い出した。

授業で学んだことだが、前世紀のドロ沼化していたと言われる戦争で、勝ち目のない大国に抵抗した小さな国が苦し紛れに子供を利用したことがあるらしい。

あらかじめ敵の装甲車が通行する道を調べておいて、その道の真ん中に幼い子供を立たせる。その子供には、地雷を踏ませていたという。

なにも知らない敵の兵士は、通行の妨げになる子供を道の端に移動させようと装甲車から出る。どうしても動こうとしない子供を、抱き上げると同時に足元の地雷が爆発……という信じ難い戦法だった。

思い出すだけで、喉の奥から苦いものが込み上げてくる。

「ああ……その時は、子供に殺人の方法を仕込んで送り込んできた。各国の大使が集まる晩《ばん》餐会《さんかい》に参加するため、首相公邸に着いたところで……マスコミ関係者や野次馬でごった返していた。もちろん人込みは危険だと分かっていたし、大使の周りは俺たちが囲んでいた。まさか、十歳そこそこの女の子が凶器を隠し持っているとは思わなくて、人込みから押し出されるようにして前に出てきた子供へ、俺は笑いながら話しかけたんだ。危ないから、下がりな……ってな」

左の上腕部を右手で押さえた藤村の仕草で、なんとなく続きが想像できた。

そこにあるのは、切り裂かれたような深い傷跡……。

「サバイバルナイフで切りつけられて……身体に叩き込んでいたはずなのに、相手が子供だったことで銃を向けることを一瞬躊躇ったのは、俺の弱さだ。顔色一つ変えずに向かってくる子供を見ながら、これは死ぬな……と覚悟した俺を、あいつが庇った。俺が殺したのと同じだろ」

藤村は、感情を窺えない声で淡々としゃべり続ける。聞いている斗貴の方が、息苦しくなってきた。

その場にいたのが斗貴だったとしても、相手が子供なら動くことができなかったかもしれない。

「あの子供は、銃弾や刃物を防ぐプロテクターをつけていないところを、確実に狙ってきた。明らかに訓練された動きだったな……。頸動脈《けいどうみゃく》にナイフを突き立てられたあいつが死んで、俺ともう一人が傷を負った。大使が無事だったことは、せめてもの幸いか」

十歳くらいの子供が、自分から好んで人を殺すための術《すべ》を得たがるとは思えない。藤村もそれがわかっているから、『子供』という呼び名を変えないのだろう。

憎んでいないはずはないのに、憎悪を込めた言い方を一切しない。それが、なんだかやり切れなかった。

……六年間、ただひたすら自分を責め続けたのだろうか。

なにを言っても薄っぺらな上辺だけの慰めになりそうで、かける言葉を思いつかない。

自分の膝に視線を落として唇を噛んでいると、重苦しい空気を一掃しようとしてか、藤村は少しだけ声のトーンを上げた。

「惚《ほ》れた相手を守るどころか、庇われるだけの情けない人間だと……自暴自棄になって、誰かを護衛する自信もなくなった。あらゆる意味で失格だと、ＳＤを辞めようとも思った。でも、石原さんに自分と同じ思いをする人間を一人でも減らせ、しっかりした後進を育てろと怒られて……あの人に引きずられて、教官として養成所に戻ってきたんだ」

言葉を切った藤村は、小さく息を吐き出した。

大きな手が髪に触れてきて、ビクッと肩を揺らして顔を上げると至近距離で目が合った。

「ここに訓練生として入った頃の俺は、おまえが最初そうだったように、自分の運動能力や反射神経に自信があった。でもな、自信は慢心につながる。それが、結果的にあいつを殺すことになった。おまえも、ちょっとでも気を抜けばどうなるか……わかっただろう?」

斗貴は暗い海に沈む感覚を思い出して、ゾクッと背中を震わせた。

ここでの訓練を、舐《な》めていたとは言わない。でも、そうだ……慣れが生じて、慢心があったのは事実だ。

唇を噛んでうつむくと、意外なことに宥める仕草で藤村の手が肩を撫で、ついでのように抱き寄せられる。

「訓練に気が入らないなら、辞めろ。いつか大怪我をする。怪我だけですめばいいが……。おまえを捜しているあいだ、生きた心地がしなかった。確実に寿命が縮んだぞ」

頭をギュッと胸元に抱き込まれ、藤村の心臓の音が伝わってきた。静かな声とは裏腹に、忙しなく脈打っている。

それが、なんだか不思議だった。

斗貴はおずおずと藤村の身体に腕を回して、カラカラになった喉をコクンと鳴らす。

「藤村……教官。おれ……」

自分がなにを言うべきか……なにが言いたいのか、わからない。

ただ、藤村にしがみついた手を離したくないということだけは……力を抜くことのできない両腕が語っているようだ。

言葉が思い浮かばないもどかしさと、今ここで突き放されたくないという焦燥感に突き動かされ、藤村の頭を抱えるように引き寄せると唇を重ねた。

「ン……ンッ」

あたたかくて……やわらかい唇に吸いつく。唇の隙間から舌を潜り込ませようとした瞬間、背中を抱き寄せられて舌を搦《から》め捕られた。

どちらがしがみついているのかわからなくなりそうなほど、痛いくらいの力で抱き締められている。

「ぁ……」

夢中で唇を重ねたまま、ベッドの上に転がった。

息が、苦しくて……でも離れるのは嫌で。藤村の髪に指を絡めながら、とろりとした舌の感触を堪能した。

「あんたが、好きだ。……怖い、よ」

唇が解放されると、藤村の着ているTシャツの胸元をギュッと握り締めて、ぽつんと口を開く。

藤村に対してもう取り繕うことなどできず、斗貴は自分が幼い子供のような恐ろしく頼りない顔をしているだろうとわかっていた。

このぬくもりが愛しくて……胸の奥が苦しい。

失うのが怖いと思う存在など作りたくないと思っていたのに、どんどん傾く心を理性で留めるなどできなかった。

情けない声で、好きだ……と。怖いと吐露した斗貴に、藤村はどんな顔をしているのだろう。

この目で確かめるのが怖くて、喉元に当てた視線をそこから上げることができない。

張り詰めた空気が苦しくて、Tシャツの胸元を握り締めた指が震えそうになったところで、ゆっくりと頭の上に手を置かれた。

「ああ。……やっと言ったな。俺もだ。おまえみたいな、意地っ張りで強がっていて……でもどこか頼りない空気を纏ったバカ、危なっかしくて……目が離せなくなった。好きだから怖くて、怖いけど好きなんだろうな」

こつんと斗貴と額を合わせた藤村は、今まで聞いたことのない優しい口調でそう言って目を細めた。

好き……？

あまりにもあっさりと口にした藤村を、目を見開いてマジマジと凝視する。

「そんなに見るな。照れるじゃねぇか」

藤村は苦笑を含んだ声でつぶやいて、再び唇を寄せてきた。

照れるなど似合わない台詞だと笑ってやろうとしたけれど、目元がほんのりと赤くなっているように見えて……おとなしく口づけを受け止める。

「っん……ぁ、ぁ」

唇の隙間から無遠慮に舌が潜り込んできて、どんどん濃密さを増し……斗貴の思考を甘く痺れさせる。

すがりついた男の存在が、斗貴のすべてになる。

それを、もう怖いとは思わなくて、夢中で背中を抱き締めた。

キスも、身体に触れる手も……今までで一番、優しかった。

不思議な心地で目を向けると、窓から差し込むぼんやりとした月明かりが、藤村を薄闇に浮かび上がらせている。

「どうした?」

「……んでも、ない」

あまりにも凝視するせいだろうか。斗貴の身体の脇に手をついた藤村は、怪訝な表情で見下ろしてくる。

なんでもないと答えて深呼吸をすると、身体の奥にある藤村の屹立《きつりつ》がわずかに動いた。

「んぁ……ッ!」

ビクッと腰が跳ね上がってしまい、ますます妙な位置に当たる。

どうしよう……。なんか、変だ。どこをどんなふうにされても、気持ちいい……。

自分の身体なのに、どんな反応をするかわからない。これから先、もっと変になったらどうなる?

わからない。予想もつかないのが、怖い。

「も……っ、ぃ……」

嫌だ、と喉元まで込み上げてきた言葉をギリギリで押し戻す。

嫌なわけではない。でも、やっぱり怖い。藤村が、ではなくて……自分が。

恐慌状態に陥りそうになった斗貴は、右腕を上げて自分の親指のつけ根に噛みついた。

歯の食い込む痛みで、なんとか藤村から与えられる熱に際限なく溺れそうになるのを阻止する。

「噛むな。声、聞かせろよ」

「あ……」

その手を藤村に取り上げられて、自分の口元に運ぶのをぼんやりと目で追う。

親指のつけ根……斗貴が噛みついていたところの歯型をトレースするように、軽く歯を立てられた。

「ゃ！　……ぁ、あ……っく」

その途端、ビリッと鋭いなにかが全身を駆け巡る。

目を見開いた斗貴を見下ろして、ふ……とかすかに笑った藤村は、執拗《しつよう》に同じところへ歯を立てたり舌を這わせたりした。

そのたびに、ビクビクと抱えられた脚が揺れてしまう。

「こんなところ……感じるのか？　新しい発見だな。ここも、締めつけてくる」

左手は斗貴の手を捉えたまま、もう片方の手で開かされた脚の奥……藤村の屹立を受け入れている部分に触れられる。

「あっ！　あ……さ……わんな、よっ！」

グッと背中を反らした斗貴は、意地を投げ捨てて涙混じりの声を上げた。

どんな刺激でも快感に変換することのできる自分が、一番怖い。

「……も、変なコト、するな」

「変なコトって、なぁ……」

さすがに息の上がっている藤村は、斗貴の目尻に浮かぶ涙を舐め取りながら苦笑した。

熱い吐息が頬を撫でて……くすぐったい。

「じゃ、おまえの好きなようにしろよ」

腕を摑んで身体を引き上げられ、急激な動きにクラリと立ちくらみに似た感覚に襲われる。

どこにも身体を預けられない不安に伏せていた目を開くと、仰臥《ぎょうが》した藤村の上に座り込む体勢になっていた。

「俺を押し倒したかったんだろ？」

「ち、違……っぅ、だろ……これ」

藤村も、わかっていてわざと意味を取り違えた言い回しで口にしているに違いない。性格が悪い。

斗貴は、ちくしょ……と唇を嚙んで、藤村の腹に手を置いた。

硬い腹筋……腰周りは斗貴とは比べものにならないほどしっかりしている。ベッドに背中をつけていても、胸板の厚みがわかる。この身体が憎くて……羨ましくて、たまらなく欲しかった。

藤村の身体に手のひらを這わせていた斗貴は、引き攣れた傷が残る肩口を指先で撫でる。

背中を屈めると、その上にそっと唇をつけた。

「橘……」

舌で傷跡を辿ると、藤村は動揺の色が滲む声で斗貴の名前を口にする。憎たらしいまでの余裕を、少しでも突き崩せたことが嬉しくて胸の奥が熱くなる。

「チッ」

「ン……ン……ぁ！　あっ、揺す……んなっ」

動揺させられたことへの意趣返しか、膝を立てた藤村が下から斗貴の身体を揺らした。

ベッドに膝をついたまま上半身を倒した斗貴は、藤村の肩にしがみついてゆるく首を左右に振る。

ダメだ。翻弄される一方になる。もう……手も足も、どこにも力が入らない。

「ッ……ふ…っ」

頭の上で藤村が息を呑む気配がして、ドクンとますます心臓が鼓動を速めた。

そっと顔を上げて藤村の表情を窺い見る。

……ぅわ、エロ。

斗貴は率直な感想を心の中でつぶやき、大きく息をついた。

普段、偉そうに竹刀を振り回してもほとんど息を上げることのない藤村が……熱っぽい吐息を漏らしている。

快楽を感じていると隠そうともしない目も、ゆるく寄せられた眉も……汗の滲む額まで、艶《つや》をたっぷりと帯びた空気を全身に漂わせているみたいだ。

訓練中とのギャップが激しくて、そのせいで過分に色気を感じるのだろう。

「な……俺、いい……？」

目元を隠す藤村の前髪をかき上げ、そっと唇を触れ合わせた。

この色っぽさが、自分の身体で快感を得ているからだと思えば、抱かれているのに抱いているような……あやふやな気持ちになる。

暴君のようだと思っていた男が、どことなく可愛い……愛しいと、なんとも形容し難い甘ったるいものが込み上げてくる。

「ああ」

汗ばんだ斗貴の背中を撫で上げながら、藤村が低く口にした。

かすれた声と、唇の隙間から覗く舌に、零れ落ちる吐息の温度が上がる。唇に微笑を滲ませると、藤村がふっと息をついた。

「おまえ……余裕じゃねぇか」

「そ……っでも、な……ぁっ！」

斗貴を見上げる藤村の目が、鋭くなった……と思った直後、これまでより手荒に腰を掴んで揺さぶられた。

急な動きに、痛い……と感じたのは一瞬で。すぐに、どろりとした濃密な心地よさが湧き上がってくる。

「ほら、動きづれぇだろ。身体起こせ」

背中を叩かれ、文句を言う余力のない斗貴は震えそうになる手を藤村の胸元について、上半身を起こした。

ぐらぐらと揺れそうになったけれど、手首を掴まれて後ろに倒れるのだけは阻止される。

「全然触ってないのに……なぁ。っと、隠すな。そのまま腰揺すれよ。じゃないと、いつまで経っても終われねぇぞ」

咄嗟に、指摘された脚のあいだを隠そうと伸ばしかけた手を止められる。

藤村が斗貴の手首を摑んだのは、身体が倒れないようにするのと、こうして……操るのと。

二つの意味があったらしい。

「手伝ってやる」

「待っ……ァ、あっ、ン……ン！」

なにかを考えることができたのは、そこまでだった。

あとは、もう……ひたすら唇を開いて荒い息を繰り返しながら、藤村に翻弄されるのみになってしまう。

「もぅ……っ、ぃ……く、ぁ……あっ！」

藤村に手首を握られたまま背中を仰《の》け反《ぞ》らすと、堪《こら》えようもなく白濁を溢れさせる。ただ、

一度も直接的な刺激がなかったせいで、どこか中途半端な快感で……。絶頂の一歩手前で足止めされているようなもどかしさに、しゃくり上げながらビクビクと身体を震わせた。

「じ……村、触りた、い。足りな……っ」

身体の奥にある藤村の屹立が存在感を失っていないことに気づき、ますます焦燥感が募る。自分だけが溺れているのかと、泣きそうなほど頼りない気分になる。

「ん……俺が弄《いじ》ってやるから、自分でいいトコ探してみな？」

「なんでっ、そ……なに、余裕……っふ……ぁ！　ぁ……っく」

手首が解放された途端、ふっと肌寒いような感覚に襲われる。それを不思議に思う間もなく、屹立に指が絡んできた。

淫猥としか言い表しようのない、濡れた音が響く。

「すげぇな。とろとろ溢れてくるぞ」

「るさ……っ、も……いけ、よっ」

隠しようもなく震える手を藤村の腹について、身体を揺らした。

もう、下半身の感覚がない。

「ぁ、ぁ……ッッ！」

「っは……！」

今度こそ文句なく一番高いところまで昇りつめ、頭の中が真っ白になる感覚を味わう。

指が食い込むほどの力で腰を掴まれて、ほぼ同時に藤村も達したことを悟った。

大きく息をつきながら、崩れ落ちるように身体から力を抜いて藤村と胸を合わせる。激しい鼓動と、汗の滲んだ熱い身体が自分だけではないとわかっているから、髪を弄る指に目を閉じた。

心身すべてが融けて、混ざり合うような悦楽と充足感など、今まで知らなかった。

これがセックスなら、誰とでも軽く身体を合わせていた今までの自分の行為は、自慰と変わらない味気なさだな……と思いながら。

□□□

息や激しい鼓動が落ち着いてくると、ベッタリと密着した身体が気になってたまらなくなる。

そう思っているのは斗貴だけなのか、

「で、どうする？　大怪我をする前にここを辞めるか？」

藤村は汗でしっとりとした斗貴の髪を撫でながら、官能の余韻を滲ませた低い声でからかうように尋ねてくる。

斗貴はその手を掴んで、長い人差し指と中指に噛みついてやった。

「……絶対に、辞めねー。いつか……修了までに、あんたを押し倒してやるからな」

「おまえ、まだそんなことを言えるのか」

齧られている人差し指と中指はそのままで、斗貴の唇を自由な親指で撫でると、藤村は端整な顔に苦笑を浮かべた。

ここにいるあいだだけなら、いつか失《な》くすのなら……心を預けたくないと思っていた。でも、一年以上も先のことを考えて怖がっているのは、バカらしい。

藤村と一緒にいる今の瞬間が、大事だと感じることができる。

この孤島から巣立つまで、残り一年半あまり。その後のことは、岐路に立たされた時に考えればいい。

「ああ……そうだ、橘」

「ん……？」

髪をゆっくり撫で回される心地よさにうとうとしていた斗貴は、ツンと髪を引かれて仕方なく目を開いた。

「……他のヤツに、あまり隙を見せるな。自覚してないだろうが……おまえ、結構ヤバイんだよ」

「どういう意味……」

藤村がなにを言いたいのかわからなくて、そっと眉を寄せる。

藤村は、「鈍感」と苦い口調でつぶやいて斗貴の頭を胸元に抱き寄せると、憂鬱そうなため息をついた。

「おまえと寝たい……抱かれたいじゃなくて、抱きたいって思ってるやつは俺が把握しているだけで一人や二人じゃない。それを忘れるな、ってことだ」

あまりにも意外な言葉を聞かされた斗貴は、唖然とした表情で自分を指差した。藤村は、やや投げやりにうなずく。

「………」

「知らぬは亭主ばかりなり……って諺《ことわざ》、そのままだな」

苦笑を浮かべてそう言った藤村は、ポンポンと斗貴の背中を叩いて髪をかき乱した。

名塚に迫られた時のことを思い出すと、「ありえねぇだろ」と笑おうとした頬が引き攣ってしまう。

しかも、藤村とこういう関係になった今……この身体が抱かれることで快楽を得ることができると、知ってしまった。

おとなしく抱かれてやるつもりはないが、強引にされると快楽に流されてしまう可能性はゼロではない。

「おい、悩むなよ」

「はは……」

斗貴の考えていることが伝わったわけではないと思うが、不機嫌な顔の藤村に軽く頭を叩かれて小さく笑った。

藤村のこんな顔は、初めて見た。斗貴だけの特権だろう。

竹刀を振り回す鬼のような姿より、こっちのほうがいいなぁ……などと思ったのだが、

「そうだな。昼だけじゃなく夜もたっぷりいじめて、余分な体力をなくしたらいいのか
……」

意地の悪い笑みと共に恐ろしい言葉が藤村の唇から出て、甘い考えだと知った。

斗貴が、藤村を組み伏せることができる日は……いつになるだろう。

君主サマはご機嫌斜め

「うわ、ジャリジャリしてる」

自分の髪に触れた斗貴《とき》は、不快な感触に眉《まゆ》を寄せてぼやいた。

砂浜で取っ組み合いをして、何度も転がされたせいだろう。髪の根元のほうにまで、細かい砂が入ってきている感じがする。早く風呂《ふろ》で流したい。

気は急《せ》くけれど、建物に汚れを持ち込んでしまうと、後で説教とペナルティの掃除が課せられることになる。

それはできる限り避けたいので、グラウンドの隅で足を止めてTシャツを脱いだ。

バサバサとTシャツを振っていると、同じクラスの誰かが後ろに立つ。

「……橘《たちばな》、ここも砂ついてるぞ」

「んー？　ありがと」

首の後ろ側を指先で払われる感覚に、さすがにそこは見えなかったな……と思いながら礼を口にした。

傾きかけた太陽が、空を茜色《あかねいろ》に染めている。南半球に近いこの島は、一年を通して温暖で気候的には安定しているのだろうけど、日中の日差しが強くてキツイ。

ただ、こうして太陽が西に傾くと、吹き抜ける湿度の低い風が気持ちいい……。

「橘、ここも砂がついてる」

「ああ、悪い……」

今度は別のヤツに、背中の真ん中あたりを払われる。なんとなく、パンツの中までざらついている。一度気になると、脱いでしまいたくてたまらなくなった。

しかし、いくら周りが同性ばかりとはいえ、さすがにここで全裸になるのはどうだろう……と悩んでいると、今度は背後から二の腕を摑《つか》まれた。

「斗貴、ちょっといい?」

誰だ、と振り向いた斗貴の目に、キラリと太陽を反射する金色の髪が映る。頭に巻きつけられたバンダナの色は、濃い青。

月に一度、食品等の物資の運搬船に同乗して理髪師が島に来るので、散髪することはできる。ただ、髪の染色や脱色は不可なので、これは天然の金髪だ。

こんな派手な髪の持ち主は、今のところ一人しかいない……。

「なんだよ、名塚《なつか》」

「いいから、こっち」

金髪の主、名塚は不満を滲《にじ》ませた声で名前を呼んだ斗貴の腕を摑んでくる。ズルズルと半強制的にクラスの仲間から引き離されて、建物の陰に連れ込まれた。

「ちょ……なんなんだっ。俺、腹が減ってるんだよ。なにかあるなら、飯の後にしてくれ」

足場の悪い砂浜で走り回ってカロリーを消費したせいで、腹の虫が盛大に鳴いている。

名塚と遊んでいる場合ではない。早く風呂で汚れを落として夕食を食べないと、空腹で目が回りそうだ。

「はい。着て」

手に持っていたTシャツを取り上げられたかと思えば、頭からかぶせられた。怪訝《けげん》な表情で見上げる斗貴に、名塚はなんとも形容し難《がた》い珍妙な顔でつぶやく。

「……無防備に触らせてるんじゃないよ」

「はぁ……？」

変な顔で、なにを言い出すかと思えば……斗貴の予想をはるかに超えた言葉だった。触らせたと言われれば人聞きが悪いが、砂を払ってくれただけだ。だいたい、同性に触れたからなんだというのだ。

眉を顰《ひそ》めて不満を表す斗貴に、名塚は「本当にわかってないんだなぁ」などと、ため息をつく。

「わかんねーよ。俺が半裸だろうと全裸だろうと、誰も気にしないだろ。それ以前に、風呂で見慣れてるっつーの」

自分の腹をぺたぺたと叩《たた》いた斗貴は、「コレがなんだって？」と、眉間《みけん》に刻んだ皺《しわ》を深くする。

名塚は、チラリと斗貴の腹のあたりに視線を落として、即座に目を逸《そ》らした。

「んー……それも微妙。斗貴、このところ色気を振りまいてる自覚ある？」

「なんだ、それ。ますますワケがわかんねーし。とりあえず風呂と飯だ」

色気というのは、名塚のような人間に使う言葉だろう。この男は訓練生だけでなく、食堂のおばちゃんたちにまでモテているのだ。きっと、この綺麗《きれい》な顔を見ていると逆らえなくなるに違いない。

名塚のフェロモン攻撃が効かないのは、友人である斗貴と鷹野《たかの》、教官たちだけではないだろうか。

「はいはい。もういいよ。こんなにがさつなのに……がさつだからか。普段の言動が荒っぽいから、逆に色気を感じるのかなー……」

なにやら一人で悩んでいる名塚はこの場に放置しておくことにして、中途半端にかぶせられていたTシャツに腕を通した。

名塚の戯《ざ》れ言《ごと》を真に受けて肌《はだ》を隠したのではなく、汗が乾いて単に肌寒くなってきたからだ。

このままでは、冗談でなく燃料切れで動けなくなりそうだ。同じクラスの連中の姿は見えないので、斗貴を置いて建物内に入ってしまったのだろう。

「名塚のアホ。腹減ったー……」

速足で建物に向かいながら、ハチマキ代わりに額に巻いていた赤いバンダナを手に取ると、力なくぼやいた。

□□□

夕食後から消灯までの数時間は、貴重な自由時間だ。自由といっても、ここでの娯楽はテレビを見ることとくらいで……入浴を済ませたり昼間の講義の復習をしたりと、やらなければならないことはたっぷりとある。

特に、ここしばらくは定例テストの合格ラインが厳しくなっているので、毎回ギリギリでパスしている連中は食堂のテーブルを使って必死で語学の自習をしている。

入所時は各クラス二十人ずつ計六十人いた訓練生は、今では三クラス合わせて二十人強になってしまった。

斗貴も、悠々と構えていられる成績ではなく……実技や英語はともかく、第二外国語のフランス語がかなり危ない。

「名塚あたりをつかまえて、教えてもらうかなー……」

半分フランス人の血を引いているという名塚は、自宅では母親とフランス語で会話をしていたらしい。ほぼネイティブの発音だ。

あの男に借りを作るのは癪《しゃく》だけれど、背に腹はかえられない。

とりあえず、自室に戻って教材を取ってくるか……。

そう思いながら食堂を出て、寮棟へ向かった。大股《おおまた》で渡り廊下を歩いていると、そよそよと涼しい風が吹き抜ける。

「んー……そこの樹にハンモックを吊《つ》るして寝たら、気持ちよさそうだな」

足を止めた斗貴は、両腕を上に伸ばして背筋のストレッチをしながらのん気な独り言を口にした。

藤村《ふじむら》あたりに聞かれたら、「そいつは楽しそうだな。ずいぶん余裕じゃねーか」と皮肉を言われそうだ。

この孤島に来て、もうすぐ半年になる。

最初は辟易《へきえき》としていた豊かな自然に囲まれた生活にもすっかりと慣れてしまい、つい最近まで身を置いていた都会のネオンの洪水を忘れてしまいそうだ。

夜《よ》な夜《よ》な繁華街に繰り出して、適当な人間と適当な場所で遊び、適当に気の合った誰かとベッドに潜り込んでいた。

こうして思い出しても、あの生活を自分が心底楽しんでいたか疑問だ。心身ともにキツイ今のほうが、はるかに生きている感じがする……。

「……橘」

頭上を仰《あお》いで深呼吸をしていると、おずおずと名前を呼ばれた。あまり馴染《なじ》みのない声だが、反射的に振り返る。

「ん？　あー……確か、鷹野のクラスの」

鷹野や藤村を凌《しの》ぐ長身は記憶に残っていても、名前までは思い出せない。

そろそろ、残っている全員の名前を覚えておくべきだろう……と。名塚曰《いわ》く「興味のない人間に無頓着」な自分に呆《あき》れてしまう。

鷹野や名塚なら、他クラスの訓練生の名前まできちんと把握しているに違いない。

怪訝な顔をしているだろう斗貴に、男は苦笑して自身を指差す。

「俺、成田《なりた》っての。……あー……えっと、ちょっと橘に頼みが……あって」

もごもご言いよどむ姿に、ピンときた。自慢できる特技かどうかは微妙だが、この手のことに対する勘には自信がある。

身体を反転させた斗貴は成田に距離を詰めて、人のよさそうな顔を覗《のぞ》き込んだ。

「なに、おれと寝たいって？」

ニッと笑みを浮かべた顔は、かなりタチの悪いものだろうと自覚している。純朴そうな成田は、面白いくらい一瞬で顔面を朱に染めた。

「寝……っ、ていうか、そこまで具体的には。ちょっと、触ってみたい……とは思ったけど。

橘は、俺みたいなのを相手にしてくれないってわかってる。でも、俺……明後日《あさって》に退所するんだ。だから、最後に一度だけ……握手してもらってもいいか⁉」

しどろもどろに、でも言いたいことはすべて吐き出すと言わんばかりの勢いで口にした成田に、斗貴は「へ？」と首を傾《かし》げた。

「明後日？　なんで、そんな中途半端な……」

前回の定例テストでふるい落とされた訓練生は、すでに島を出ている。次のテストは二十日後だ。

訓練についていけなくなって、ぽろぽろ脱落者が出てしまう最初の頃ならともかく、今まで耐えて中途半端な時期に退所するというのが不可解だ。

「実家の状況が変わって……さ。俺が、のん気にここに入っていることができなくなったんだ。だから、最後の勇気を振り絞って橘に声をかけた」

成田は、一度も斗貴から目を逸らさない。語っていることは、事実なのだろう。

最後の勇気……というのも、きっと。

「んー……まぁ、それくらいおれはいいけど。つーか、握手って小学生かよ。好きにすればいいだろ」

そう言って笑ってみせると、緊張を漂わせて強張っていた成田の表情が、ふっとゆるんだ。

これまで、斗貴の周りにはいなかったタイプだ。

強烈な個性を持っている訓練生が多いので、これだけいいガタイをしていてもおとなしそうな成田は目立たなかったのだな……と想像がつく。

「い、いいのか？」

首から上を真っ赤にして、小刻みに手を震わせながらそう聞かれたら、なにをやる気だとおかしくなってくる。

「いいって」

本音を言わせてもらえば、ほんの少し興味もあった。今の自分が、藤村以外を相手にその気になるのだろうかと……。

以前、名塚に押し倒された時にもちらりと考えたことだが、まさかこの先ずっと、藤村だけにしか反応できないのでは。

そんな、不安にも似た心細さに襲われることがある。

積極的に別れようとか、浮気をしてやろうと思っているわけではない。ただ、なにかがあって藤村から離れなければならなくなった時、藤村でなければ反応できないというのはものすごく惨めではないだろうか。

その先、どうやって生きていけばいい？

藤村を信じられないのか、自分を信じていないのか……斗貴自身にもよくわからなくなってきた。

ぼんやり考えていると、

「じゃあ……ちょっと、ゴメン」

おずおず口にした成田が、長い腕を伸ばしてきた。躊躇《ためら》いの残る仕草で、斗貴の肩に大きな手を乗せ……ゆっくりと抱き寄せられる。

Tシャツ越しとはいえ、久し振りの藤村以外の体温は不思議な感じだった。

密着した胸元から成田の心臓が猛スピードで脈打っているのが伝わってきて、そのあまりの動悸《どうき》にバッタリと倒れるのではないかと心配になってしまう。

反して斗貴は、まったくの平静だった。ドキドキすることもないし、嫌だとも思わない。なにも感じない……。

これが藤村だと、悔しかったり心臓が苦しくなったり、常に感情が揺さぶられるのに。

「……橘に、憧れてた。細い身体で教官に食ってかかったり……理不尽なことは嫌だって主張したり。普通の訓練生じゃできないことを、いろいろして。不思議と従いたくなる魅力がある。俺は、決して手の届かない太陽を仰ぎ見る、ひまわりになった気分だった」

抗《あらが》うでも応《こた》えるでもなく、力を抜いてただ成田に抱き寄せられていた斗貴は、申し訳ない気分になった。

成田は、真剣な声で買いかぶっているとしか思えないことを言ってくれているのに、自分は藤村のことを考えている……。

「ごめんな」

思わず零《こぼ》したつぶやきに、成田の肩がビクッと揺れた。

「いいんだ。わかってる。こうして……一度でも抱き締めることができた。俺は、それだけで嬉《うれ》しい」

なにに対する「ごめん」だと思ったのだろう。痛いくらいの力で抱きすくめられ、わずかに身体《からだ》をよじった。

「これから、どうするのかわかんないけど……頑張れよ。ここのキツイ訓練に、半年近くも耐えたんだ。なんだって乗り越えられる」

実家に呼び戻されて中途退所というのは、浅い事情だとは思えない。なにが成田を待ち受けているのか知らないけれど、こうして本人曰く勇気を振り絞って斗貴に声をかけるだけのなにかがあるのだろう。

罪滅ぼしというほどの意味はないが、精いっぱいの激励を込めて、ポンポンと成田の背中を抱いた。

「ありがとう」

斗貴の背中にある手が、グッと握り締められた。そして、大きく肩を上下させる。

成田の腕から力が抜けた……と思いながら顔を上げた斗貴は、廊下の角に長身の人影があることに気がついた。

「あ……！」

いつからかわからないけれど、藤村が立っていた。端整な顔に表情はなく……ただ静かに、斗貴と成田を見ている。

ビクッと身体を強張らせた斗貴から、ゆっくりと成田が離れる。

「橘？　……本当にありがとうな。じゃあ」

斗貴が廊下の一点を凝視《ぎょうし》していることに気づいたらしく、成田はかすかな照れを滲ませた笑みを浮かべて足を後ろに引いた。

斗貴が見ている『誰か』と鉢合わせしたくないのか、ゆったりとした大股で藤村がいるのとは逆方向へ歩いていく。

場に残された斗貴は、蛇に睨《にら》まれたカエル状態だった。こちらを見ている藤村の視線に縫い留められたようになり……一歩も動けない。

どれくらい、そんな膠着《こうちゃく》状態が続いただろうか。

後ろから数人の訓練生がしゃべりながら歩いてくるのがわかり、ビクッと金縛り状態が解けた。

「ま……てっ」

無言のまま藤村が背中を向け、斗貴は慌てて追いかけた。

小走りの斗貴と、それほど急いでいる様子もない藤村の距離が縮まらないというのが、なんだか悔しい。

足の長さが違う、と見せつけられているみたいだ。

「待てって、藤村っ」

斗貴が追いかけてきていることは気づいているはずなのに、藤村は一度もこちらを振り向くことなく歩き続ける。

藤村の居室前まで来たところで、ようやく追いつくことができた。

「待てって言ってんだろっ！　耳が遠いのか？」

息切れをしている状態では格好悪いが、どうして立ち止まってくれなかったのだと恨みがましい気分になって詰め寄る。

扉の前で立ち止まった藤村は、感情の窺《うかが》えない目で斗貴を見下ろした。

「なんだよ？　他の男と、堂々と人通りの多い廊下で抱き合っていたことの言い訳か？」

「その言い方、人聞きが悪ぃな。……っじゃなくて、変な意味で抱き合ってたんじゃないからな」

この男、妙な誤解をしているに違いない。無表情で隠しているつもりかもしれないが、不機嫌ですと大きく顔に書かれている。

「聞いてんのかっ？」

話は終わったと突き放されそうな空気を感じた斗貴は、思わず藤村の襟首《えりくび》を掴んで目を合わせた。

他の教官や職員が通りかかったら、なにかと思われる。

ふっと短く息をついた藤村は、斗貴の頭を摑んで引き離しながらそう言うと、自室の鍵を開けた。

「……入れ」

部屋に入った藤村は、電気をつけ……斗貴がドアを閉めるのを待って、威圧感たっぷりの目で見下ろしてくる。

「で、なんで廊下の真ん中で抱き合うはめになった？　あいつは、おまえの好みからは外れているんじゃないのか？」

「妙な言い回し、するなって。教官だからあんたも知ってると思うけど……成田、明後日には退所するんだろ。最後に握手してくれって頼んでくるから、小学生じゃねーんだから握手じゃなく好きにしろって言ったんだよ」

かなり端折《はしょ》った説明だな……と自分でも思うが、実際にそれだけのことだ。

言葉を切った斗貴を見下ろしている藤村は、ギュッと眉を寄せて難しい表情になった。

「ああ？　おまえなぁ……好きにしろって、なんだそりゃ。貞操観念のなんたるかを叩き込んでやろうか」

呆れたようにため息をついた藤村は、痛いほどの力で斗貴の二の腕を摑んで部屋に引きずり上げた。

「なんっだよ。俺っ、靴……履いたままだし」

「うるせぇ」

抗うつもりはなかったけれど、靴を脱ごうともがいていると、低い一言と共に肩に担ぎ上げられた。

決して小柄とはいえない斗貴を、米俵《こめだわら》でも担ぐように……ヒョイと。

「頭、引っ込めてないとバカになるぞ」

斗貴が履いていたシューズを玄関に投げ捨てた藤村は、そのままの状態で奥の寝室へ向かう。

ドアの上部に額あたりをぶつけそうになり、バカになる危機を回避するべく慌てて頭を下げた。

「なに怒ってんだよっ。別に……あれくらいの接触、訓練中にだってやってるじゃんか！」

あのレベルで密着することくらい、珍しくはない。額に青筋を立てるほどのことか？　と思う。

理不尽な怒りをぶつけられていると不満に思うと同時に、実は、ほんの少し嬉しかった。

他の男と密着したことに怒っているのは、斗貴を好きだから……と自惚《うぬぼ》れてもいいだろう。

投げ捨てられたベッドに座り込んで顔を上げると、藤村は薄ら笑いを浮かべて斗貴を見下ろした。

「訓練中とは、決定的な違いがあるだろうが。……相手に下心があるか否かだ」

「成田は……別に、そういう感じじゃなかったんだって」

なにを必死で言い訳をしているのだろうと、おかしくなった。

あの時、藤村と成田の腕を比べていたと言えば……たぶん、もっと怒られるか。

「言っておくが、俺は独占欲が強い。おまえの貞操観念の低さはわかっているつもりだが、好き勝手やることを許すと思うなよ」

あまりにも偉そうに宣言されて、斗貴はピクッと頰を引き攣《つ》らせた。ベッドに膝《ひざ》をついて乗り上がってきた藤村を、ジロッと睨みつける。

「関白宣言か？　あんた、ナニ様だよ……」

「教官様だ」

当然だろうといわんばかりの、あまりにも偉そうな宣言に啞然《あぜん》としてしまい、言い返すこともできなかった。

大きな手に肩を摑まれ、ベッドに押しつけられて小さく嘆息する。

「ま、いいけどさぁ……お仕置きエッチで張り切るのって、オッサンな証拠じゃねーの？」

藤村の首に腕を回しながら、わざと憎まれ口を叩く。斗貴の髪をぐしゃぐしゃとかき乱した藤村は、嫌そうに目を眇《すが》めた。

「……俺はまだ、二十八だって言ってんだろうが」

誰かに束縛されることを嬉しいと思うなんて……少し前では考えられなかった。しかも、斗貴自身がそうされたいと望んでいるようなものだ。

好きの重さを比較するのはバカらしいとわかっているけれど、きっと斗貴のほうが藤村に心を傾けている……。

今、こうして藤村と密着したことで高鳴っている心臓の鼓動が、なによりの証拠だ。

「相手が誰でも、……あんたじゃないと、ドキドキしない。だから、成田に抱き締められるのも平気だった。おれをこんなにしたんだから、途中で手を放すなよ」

藤村がどう答えるのか、予想がつかない。

かすかに不安の滲んだ目だ……という自覚のないまま、斗貴は藤村と視線を絡ませた。

「…………」

言葉はなく、やんわりと唇《くちびる》が重ねてきた藤村が微笑を浮かべる。訓練中には決して見せることのない、甘ったるい笑みだ。

こんな藤村の顔を知っているのは、斗貴だけに違いない。そう思えば、ますます心臓が鼓動を速める。

「だから……おまえみたいな危なっかしいのから、目を離せないって前にも言っただろう。放さねぇよ」

迷いの欠片《かけら》もない断言が、斗貴の胸にグッと刺さる。

苦しい。……嬉しい。

「……っなら、いい」

子供のように頼りない表情になっているのでは……と思った斗貴は、そんな顔を藤村に見られたくなくて。

広い背中に腕を回し、肩に額をつけた。

君主サマは陥落寸前？

相棒を信じて命を預けると、言葉にするだけなら誰でも言える。

でも、実際に我が身をその場に置くとなれば、言うほど簡単なものではないと否応《いやおう》なく自覚させられる。

同じだけの絶対的な信頼を持ち寄り、初めて無防備な背中を預けることができるのだ。正しく半身であり分身でもあり、自分自身以上に信じていると言ってもいいかもしれない。

そんな存在が、この世に複数いるわけがない。

もう二度と、自分の中で『特別』な位置に据える相手など作らない……できやしないと、底なし沼のような虚無感を抱えて、養成所の敷地に再び足を踏み入れた。

「間違っても訓練生になんざ、手ぇ出さないはずだった……のに、なぁ」

どこで、なにをどう間違えたのだろう。

挑発的な目で睨《にら》みつけられた途端、踏みつけて泣かせて、自分にすがりつかせてやりたくて……衝動的に手を伸ばしてしまった。

血迷ったというより、瞬間的に魔が差したとしか思えない。一度きりの過ちとして、なかったことにするべきなのに、厄介な関係を続けている現状は……どうにも言い訳のしようがないが。

「どうしたいんだろうな。俺も……おまえも」

気楽そうな顔で眠っている青年の額を、ツンと指先でつつく。

そうして触れても、熟睡しているらしく、わずかに眉《まゆ》を震わせただけで瞼《まぶた》を開く気配さえない。

「危機感がねぇんだよ」

無防備なことこの上ない姿に、「バーカ」と大人《おとな》げないつぶやきを零《こぼ》して、苦笑を滲《にじ》ませる。

警戒心の欠片《かけら》もないのは、傍《そば》にいるのが自分だから……ということにしておこう。そう思っておかなければ、指導者としての面目が立たない。

「ガキみたいな能天気な顔で、スヤスヤ寝やがって」

ああ……でもコイツは、年齢的には実際に『ガキ』だ。

同じ年齢の自分が、訓練生としてここで駆けずり回っていたのは、十年も前……か。

無反応な人間にちょっかいをかけるのはつまらなくて、ゴロリとベッドに転がると見慣れた天井を見上げた。

□　□　□

「明日にはここを出るのか。嬉《うれ》しいって感じもあんまりないし、なーんか実感がないんだよなぁ」

ふっと息をついた彼は、ベッドにうつ伏せた状態で肘《ひじ》をついて「陣《じん》もだろ？」と、こちらに顔を向けてくる。

熱の余韻が残る素肌《すはだ》に汗が滲み、蛍光灯の光を反射している。誘われるように手を伸ばし、背中の真ん中あたりを指の腹でそっと拭《ぬぐ》った。

「っ、も……触んなって、バカ。陣……っ、しつこい。くすぐったい」

苦情に手を引くのではなく、更《さら》に肌を辿《たど》ってうなじを撫《な》でると、笑いながら身体《からだ》をよじって壁際に逃げられる。

「おまえと、バディとして組む可能性は……どれくらいだろうな」

目前に迫った別離に、名残惜《なごりお》しさが声に滲み出てしまう。

自分たちは、国費で二年かけてSDとしての心技体を叩《たた》き込まれた。修了後はSDを管理する機関から命じられるまま、国内外に派遣されることになる。どこに行かされようが拒否権がないのはもちろん、希望や意思など百パーセント弾《はじ》かれる。

自分と彼も、どうなるのか……その時にならなければ、わからない。

「淋《さび》しい？」

クスリと笑われて、唇《くちびる》を引き結んでそっぽを向いた。自分だけが子供じみた寂寥《せきりょう》感《かん》を抱えているのかと思えば、面白くない。

強張った横顔に『不機嫌』と書いてあるらしく、そっと手のひらで頰《ほお》を撫でられた。

「拗《す》ねるなって。陣と組むのは……想像したら、心強いな。でもおまえは、咄嗟《とっさ》の時に護衛対象者じゃなくて俺を庇《かば》いそうだからなぁ」

「……まさか」

危険が迫った時に護衛対象者ではなく、相棒を庇うなど……絶対にあってはならないことだ。そう頭ではわかっていても、その『まさか』を自分が百パーセントやらかさない自信はなかった。

否定しつつ声に滲み出ていたのか、無言で苦笑されてしまう。

「でも、相棒を庇いたくなるのは当然の心理じゃないか？　人間は、より自分に近しい関係性の人間を庇護しようとする。それも本能だ」

言い訳じみた反論を口にして苦い表情で押し黙った藤村に、彼はクスクス笑って……容赦ない言葉を投げつけてくる。

「俺は、陣を庇わないからな。いざとなったら、見捨てる」

「ハイハイ、おまえはそういうヤツだよ」

ため息をついて、頰に触れていた手を振り払った。

教官たちに直情的ですぐに熱くなると眉を顰められる自分とは違い、彼はどんな時でも冷静で判断を誤らない。非常事態でも己《おのれ》の役目を決して忘れず、自分がなにを優先するべきか的確に判断して迷うこともないだろう。

「せいぜい、自力で切り抜けるとするか」

彼は見捨てるという言い方をしたけれど、背を向けても大丈夫と信用されているのだと、都合よく解釈しよう。

「そうしてクダサイ。って、これからどうなるかわからない今では、全部仮定の話だけどね」

「ああ……まぁな」

仮定の話で臍《へそ》を曲げつつある自分が、バカらしくなってきた。

何度目かの大きな息をついて、可愛《かわい》くない言葉ばかり吐き出した彼の唇に指の腹を押しつける。

「なに？　まだ余力がある？」

「……うるせー。おまえはもう、黙ってろ」

手放しで可愛いと言えるのは、腕の中に抱いている時だけだ。自分より一つ年上だからというこどだけが理由ではないと思うが、常に余裕を滲ませていて……たまに、もどかしくてたまらなくなる。

ふと、どこか遠くに行ってしまいそうで……目を離したら置き去りにされそうだという心細さが、どこからともなく湧き上がる。

これではまるで、小さな子供のようだ。

「どんな辞令が出ても、世界の端と端に離れても……俺を忘れんなよ」

ボソッとつぶやいた藤村《ふじむら》に、彼は意味がわからないと言いたげな怪訝《けげん》な顔で首を傾《かし》げる。

「なに言って……」

「冗談だ」

自分でも、どうしてそんなことを口にしたのかよくわからない。眉を顰めた藤村は、こげ茶色の髪に指を絡ませて口づけを落とした。

触れて、体温を感じていたら……無意味な不安など呆気《あっけ》なく消えるはずだ。

□　□　□

「……そばかり、言いやがって」

どこか遠くから聞こえる自分の声に、ビクッと身体を震わせる。

瞼を押し開いた藤村は、一瞬自分がどこにいるのか捉えきれなくて、目をしばたたかせる。

白い天井は、職員棟の……自室のものだ。

そうか。そうだった。

教官として養成所に戻ってきたのだ。もう養成所に、いや、世界中のどこにも……あいつはいない。

「ッ、……はぁ」

深く息を吐くと、右手を上げてバサバサと髪をかき乱す。

久々に『彼』の夢を見た。ここ数年は、年に一度夢に現れるかどうか……というほど、影が薄くなっていたのに。夢であろうと邂逅《かいこう》は嬉しかったはずなのに、今、胸の奥が軽く引っかかれたように疼く理由は、きっとコレだ。

顔を横に向け、自分の脇で無防備に寝息を立てている青年を目に映す。

チクチク不快な罪悪感は、どちらに対するものだろう。

「……おい、橘《たちばな》」

「んー……」

のん気に眠り続けている斗貴の前髪を一房摘《つま》んで引っ張ると、鬱陶《うっとう》しそうに藤村の手を払いのけて背中を向けた。ゴソゴソと身体を丸めて、手放しかけた眠りに戻ろうとしている。

「コラ、起きねぇか。連日の朝帰りは、さすがにヤバいだろ。今ならまだ、日付が変わらないうちに戻れる」

「う……ん」

寝惚《ねぼ》け声だ。遠慮していたら、いつまでもグズグズとベッドに留《とど》まろうとするに違いない。

小さく嘆息して、拳《こぶし》で後頭部を殴《なぐ》った。利き手ではなく左手なのは、自分なりのささやかな気遣いだ。

さすがに無視して眠り続けられなかったのか、斗貴は勢いよくこちらに身体を反転させる。

「い、……てぇ。ひでぇなっ！　もうちょっと」

「優しくしてほしいのか？　俺に？」

そう言いながらわざと含みを持たせた笑みを浮かべると、斗貴はグッと息を詰めて口を噤《つぐ》んだ。

性格的に、素直にうなずけないとわかっていて先手を打ったのだ。思惑どおりの反応が、なんとも可愛らしい。

「いつ殴られるかわかんねー危険地帯で、おちおち寝てられねぇし。部屋に戻るよっ」

不機嫌にぼやいて身体を起こした斗貴は、ベッドを降りて手早くパジャマ替わりのTシャツとハーフパンツを身につけた。

一歩足を踏み出して動きを止め、ベッドの上にいる藤村を振り向く。

「オヤスミなさいませ教官サマ！」

なにかと思えば、そんな精いっぱいの憎まれ口らしい台詞《せりふ》を吐き捨てて舌を突き出し、踵《きびす》を返した。

バタンと玄関扉が閉まり、シン……と静かになる。

「……ガキ」

あまりにも子供じみた言動に呆気に取られていた藤村は、まだぬくもりの残るシーツに手のひらを這《は》わせて、クックッと肩を震わせた。

このぬくもりは、すぐに冷める。彼の記憶に上書きされることはない。これ以上、深入りしなければいい。斗貴も自分も……欲求を解消するだけの存在など、また新《あら》たに見つかる。

目を閉じてベッドヘッドを探り、冷たい腕時計を手の中に握り締めた。

「なぁ……嘘《うそ》つき。俺は、おまえを忘れねーぞ」

斗貴のぬくもりの余韻をかき消すように、無機質な腕時計を額に押しつけて……懸命に在《あ》りし日の笑顔を思い起こす。

そうして意識を集中しなければ思い浮かべることさえできないのだと、記憶を薄れさせようとする自分に気づかないふりをして、グッと強く腕時計を握った。

□　□　□

「チッ、元気じゃねーか」

腹が減ったとのん気にぼやきながら、思ったよりもしっかりとした足取りで歩いていく斗《と》貴《き》の背中に低く舌を打つ。

溺《おぼ》れかけた挙げ句、激しい海流に五キロも流され……大袈裟《おおげさ》でなく遭難した人間だとは思えない。

本人も言っていたが、頑丈でなによりだ。結構な距離を流されていたにもかかわらず、覚悟していたより早くに見つけられたあたり、悪運も強い。

当てもなく捜索しているあいだ、こちらは生きた心地がしなかったのに、と思えば心配の反動か腹立たしくなってくる。

「藤村教官、会議室に移動することになりましたので」

「あー……はい」

上官に当たる年嵩《としかさ》の教官に促されて、渋々とうなずく。

これから自分がしなければならないのは、所長に改めて経緯を説明して、職員会議と……監督義務を怠った失態に対する始末書か。

面倒だが、仕方がない。斗貴が無事に発見されたこと、無傷だったことで、それほど厳しい処分は下されないだろう。

憂鬱な息をついて、歩き出そうとしたところで、

「藤村教官。ちょっといいですか?」

馴染《なじ》みのある声に、名前を呼びかけられた。

「……はい」

藤村は、答えながら足を止めて回れ右をする。そこに立つ白衣の人物に、無意識に背筋を伸ばした。

勘の鋭い彼が、斗貴を前にした自分の変化に気づかないわけがない。あえて隠そうとしなかった、という面もあるけれど……。

「いろいろ、吹っ切れた顔をしてる。個人的に、おれに言うことはない？」

「……いえ」

「じゃあ、渡すものは？　新しく始めるなら、過去を清算するのが誠意だ」

石原《いしはら》に、渡すもの。そのものズバリを突きつけられなくても、なにを指しているのか察せられないわけがない。

彼が遺《のこ》したものはさほど多くなく、これを自分に譲ってくださいと頼み込んだ場に、肉親の石原も居合わせたのだから。

「それは……ですが、俺はあいつを清算するつもりは」

無機質な言葉で割り切ることのできる関係ではなかったし、容易《たやす》く切り捨てられる存在でもない。

石原は、自分たちを誰よりも近くで見てきて知っているはずだ。なのに、どうしてそんな言い方をする？

戸惑い、頼りない……無様な表情になっているだろう自分を、石原は微笑を浮かべて見上げてきた。

「ケジメだよ、陣。生きている……これから続いていくほうを、大切にしてほしい。あいつも、そう言うはずだ。わかるよね？」

駄々を捏《こ》ねる子供に言い聞かせるように、やんわりと窘《たしな》められる。

陣、という呼びかけは『彼の兄』であり、『友人』としての立場からの言葉だ。

「………」

声に出すことはできないけれど、本当はわかっている。

彼ならきっと、石原と同じことを言って、グズグズ迷う自分の背中を蹴《け》りつけるだろう。

逃げるな、認めろよ意気地なしと、叱責《しっせき》する姿が目の前に浮かぶようだ。

迷いを拭いきれずに、奥歯を噛《か》んで立ち尽くす。

「陣」

強い響きで短く名前を呼ばれ、ビクッと肩を震わせた。ゆっくり深呼吸をして、小さくうなずく。

石原の言葉は正しい。

それにきっと、藤村が自分からは手放せないことをわかっていて、あえて強引に引き取ろうとしてくれているに違いない。

「……これから会議があります。終わってから、一度居室に戻って取ってきますので……お待たせしますが」

「おれは、医務室で報告書を書いてるから」

「わかりました」

視線を足元に落として、身体の脇でグッと拳を握る。

石原は、目を合わせようとしない藤村の左腕を軽く叩き、「待ってるよ」と念押しをして医務室のほうへ歩いて行った。

ケジメ、か。

あれを手放したところで……本当にそれが、ケジメになるのか。自分の心情が、なにか変わるのか。

自問しても答えは出なくて、戸惑いを残したまま、石原に叩かれた肩ギリギリの上腕を右手で強く摑《つか》んだ。

「失礼します。遅くなりまして申し訳ありません」

自室の扉の前に立ったところで鍵を斗貴に預けたことを思い出し、教官室にスペアキーを取りに戻ったせいで、余分に時間がかかってしまった。

遅い時間になったことを詫《わ》びながら医務室に入った藤村を、石原はデスクに向かったまま振り返る。

「平気。雑用はいくらでもあるから」

ゆっくりと石原のデスク脇に歩を進めた藤村は、右手に握り込んでいた白いハンカチを差し出す。

石原は腰かけていたイスから立ち上がると、藤村の手のひらを見下ろした。

「返してもらうよ」

「……はい」

石原の手が伸びてきて、ハンカチごと腕時計を取り上げる。右手がふっと軽くなり、咄嗟に石原の手を掴んだ。

「あ、すみません」

「ふふ……あいつがヤキモチを妬《や》くよ」

仄《ほの》かな笑みを浮かべた石原の軽口に、ふっと唇を綻《ほころ》ばせる。

藤村が手を離すと、大切そうにハンカチで包み直してデスクの端に置いた。

改めて藤村を見上げた石原が、ゆっくりと口を開いた。

「今まで大切にしてくれて、ありがとう。おれとの約束、憶《おぼ》えてる？」

約束。

その一言に、グッと眉間《みけん》に皺《しわ》を刻む。

「円佳《まどか》さんにあいつとの関係がバレた日のことは、しっかり憶えてますよ。襟首《えりくび》をこう……掴んで引き寄せられて、その綺麗《きれい》な顔で『おれの弟に手を出すからには、相応の覚悟を持ってのことだろうね』と冷笑されて。夢でうなされるかと思いました」

麻薬組織を取り仕切るマフィアや身長二メートルを超える巨体の暴漢に凄《すご》まれるより、恐ろしい脅迫だった。と、口に出せばなにが起きるかわからないので、苦笑で誤魔化《ごまか》す。

「あの時、大事にする、絶対に裏切らないと……あなたに誓った」

彼を大事にするという石原との約束を、守れたとは思えない。自分が、結果的に彼を殺したのだ。

なのに……石原は、微笑してうなずいた。

「うん。陣は、最後まできちんと誓いを守ってくれた。次の約束も守ってくれる？」

チラリとハンカチに視線を落とした石原は、再び藤村を見上げて目を合わせてくる。

次の約束とは？

不思議に思いながら曖昧《あいまい》に首を傾げると、胸元を指差された。

「まずは、橘くんにきちんと向き合うように。変なところで義理堅い陣のことだから、彼も自分も誤魔化して、ハッキリさせていないでしょう？」

「……お見通しですか」

なにかと危なっかしい斗貴に向かって、フラフラするなら俺だけにしろと口にしたのは、嘘ではない。

でも斗貴は、自分が未《いま》だに胸の奥に住まわせている存在があることを知っていて、彼を蚊《か》帳《や》の外に追い出せないと……言葉ではなく、態度で語っていた。斗貴自身が気づいているどうかは不明だが、藤村の迷いを見抜いていた。

あそこで逃げ腰になった斗貴を、あえて追いかけなかったのだ。

心の奥の特別な場所にあいつを抱えたまま、迷いを残しながら斗貴に手を伸ばした自分のズルさを、自覚していたから。

そのくせ、失《な》くすかもしれないという事態に直面して、ようやく『絶対に手放せない』と突きつけられるなど、自分勝手なこと極まりない。

苦虫を噛み潰したような顔をしているだろう藤村に、石原は笑みを深くして胸元を拳で軽く叩いてきた。

「あとは、訓練生たちに恨まれても……自分の身もしっかり護《まも》れるように、徹底的にスパルタ教育してあげて。打撲《だぼく》や擦《す》り傷《きず》くらいは、おれが跡形なく治してあげる」

「それはもちろん。約束します。円佳さんにそう言ってもらえると、心強いですね」

石原が言う『スパルタ教育』、か。

鬼だとか暴君だとか、熊だとか……今でさえ愉快な罵《ののし》り文句をぶつけてくる斗貴たちが耳にすれば、どんな顔で嫌がるか楽しみだ。

ふ……と苦笑を零すと、絶妙なタイミングで石原が言葉を続けた。

「あ、でもあんまり派手な怪我《けが》はさせないように。橘くんのカワイイ顔に傷がつくのは、ちょっと悲しいなって思うのは、おれだけじゃないし」

「……気をつけます」

可愛い顔？

確かに元々の顔立ちは悪くないと思うが、アレが自分に見せるのは、可愛げがないものばかりだ。

反発ばかりする生意気で憎たらしい顔を思い浮かべ、思わず頬を歪《ゆが》めた。

その藤村の表情を、石原は別の意味に捉えたらしい。

「面白くない？　橘くん、いろんな意味で人気があるよ。自分がその手の目で見られるとか、少しも考えてないのかな。危ういくらいに無防備すぎて、逆に色っぽい」

計算をまったくしていないからこそとも言える、無防備故の色気は、どこからともなく滲み出るものらしい。

グラウンドの隅でTシャツを捲《まく》り上げた際に覗《のぞ》く腹、ズボンの裾《すそ》を捲り上げた素足《すあし》にさり気なく向けられる視線があることに気づかないのは、当人のみだろう。

過剰なものではない鍛えられた筋肉が覆う、引き締まった肢体《したい》は……時おり、無駄に艶《つや》っぽい。

藤村でさえそう感じるのだから、年若く、ある意味感受性が豊かな彼らが惹《ひ》きつけられないわけがない。

「知ってますよ。あのバカだけが、自覚していない」

「苦労するねぇ。今の陣は、人間らしくていい顔だよ。そうでないとね」

クスクス笑いながら、ポンポンと肩を叩かれる。石原の目に映る自分は、彼の弟と同列……いくつになろうと『やんちゃな弟』に見えるに違いない。

「引き留めてごめん。待ってるんだよね、橘くん」

「……と、思いますが」

なにかと文句を言いつつ、呼び出しを無視されたことはない。ただ、待ちくたびれて寝落ちされている可能性はある。

「じゃあ……ね」

一度デスクの隅にある白いハンカチに視線を落とした石原が、顔を上げて微笑を浮かべた。

容姿はあまり似ていない兄弟だったのに、何故《なぜ》か『彼』と重なって見えて……息を呑《の》む。

藤村は、咄嗟に伸ばしそうになった手をグッと握り、深く頭を下げて踵を返した。

じゃあね、という短い一言はなんの変哲もない言葉なのに、『彼』から離別を告げられたような錯覚に陥る。

腕時計を石原に渡すことを、強要されたわけではない。最終的に決意し、選択したのは自分だ。

それなのに……なんとも形容し難《がた》い寂寥感が胸を過《よぎ》り、まだ未練があるのか？　と自嘲《じちょう》の笑みを唇に刻んだ。

石原が言う『ケジメ』を、自分はきちんとつけられたのだろうか？

□□□

「陣はさ、意外と『気にしい』ってヤツだよな」

「なんだよ、それ」

「んー……いろいろ割り切っているつもりで、割り切れない。お偉いさんが難民キャンプを視察するパフォーマンスに同行したりすると、未だに心を痛めてる。数をこなすと良くも悪くも麻痺《まひ》するものだと思うけど」

「……繊細でカワイイだろ」

自分を知り尽くしている彼の言葉は的確で、反論できない。冗談にすり替えて、目の前の身体を抱き寄せる。

なんとなく気まずい、苦いものが浮かんだ顔を見られないように誤魔化したのも、きっと見透かされていて……クスリと笑いながら髪を撫で回された。

「弱いって、責めてるわけじゃない」

「そーかよ」

「忘れるのも、忘れられないのも……弱くないよ。どっちが正解なのかは、俺が言うべきことじゃないかな」

「忘れ……？」

静かな声にどこか違和感を覚えて、抱き寄せていた身体を離す。目線の高さはそう変わらないのだから、彼の顔がすぐそこにあるはずだった。

「え……？」

確かに、つい今まで腕の中に抱いていたはずなのに……目の前に広がるのは、深い闇だった。

必死で手を伸ばしても、空気がすり抜けていくのみで触れるものはなにもない。

「な……んで、……どこだ？　なぁ……っっ！」

情けない声で呼びかけながら両手を闇にさ迷わせると、指先に確かなぬくもりが触れて……無我夢中で抱き寄せた。

「い、イテテ……万力かよっ。肋骨《ろっこつ》が折れるっ！　寝惚けんなって、藤村！」

「っ……あ？」

耳のすぐ近くで聞こえた声は、憶えがないわけではないが……彼のものとは違う。

腕の力を抜くと、両手で頭を摑まれて文句をぶつけられた。

「マジで肋骨か背骨が折れるかと思った！　怪力を自覚しろよ、この熊！」

「……橘か。ってか、誰が熊だ。こんなに男前の熊がいるかよ」

「自分で言うな、図々《ずうずう》しい」

日頃から繰り返している会話にようやく現実感を取り戻して、深く息を吐く。

夢か。

「メチャクチャに珍しーものを見た。あんたの寝顔」

得意げにそう言って、ふふんと生意気な笑みを浮かべた斗貴にグッと眉を顰《ひそ》めた。

夢の内容は、生々しく頭に残っている。現実との境が曖昧になるような、明晰夢《めいせきむ》だった。

「俺、なんか……言ってたか？」

まさか、妙な寝言を口走っていないだろうな。

そんな不安が込み上げて、ジロリと斗貴を睨みつけた。こいつは嘘をつくのが下手《へた》だ。誤魔化そうとしても、看破する自信がある。

「なーんにも。眉間にクッキリ縦皺を刻んで、すげー難しい顔をしてたけど」

「そう……か」

それなら、一安心だ。

密かに嘆息して気を抜きかけた瞬間、斗貴が口を開いた。

「あんたはさ、あの……腕時計の主を忘れたわけじゃないよな。石原先生に返したからって、なかったことにはできない」

唐突な話題だ。

斗貴は否定したけれど、やはりなにか寝言を口走っていたのかもしれない。

「…………」

咄嗟に肯定も否定もできなくて、頬を強張らせた。険しい表情をしているだろう自分と視線を絡ませた斗貴は、真剣な眼差《まなざ》しで続ける。

「忘れんなよ」

「おまえが……それを言うのか」

「だって、忘れようとして忘れられるものじゃないだろ？　だからさ、忘れるな。あんたが憶えてるままのその人を、いつかおれが超えてやるから」

予想もしていなかった意外な言葉に、声もなく目を瞠《みは》る。

忘れるな。憶えていろ。その上で、自らが超えてやると……言い切る斗貴は、無謀で怖いもの知らずなバカなガキで、だから強い。

「はは……はっ」

片手で顔を覆い、斗貴の目から表情を隠して肩を震わせた。

単純で、思っていることが全部顔に出て、隠し事がヘタクソ。

そんな斗貴の考えていることなど、手に取るようにわかる。そのはずなのに、たまに思いもよらない言動が飛び出すものだから、退屈しない。

「なに笑ってんだよ。ここは、おれの男らしさに感動するところじゃねーの？」

「おまえこそ自分で言うな、ガキ。おまえが、あいつを超える……か。十年……二十年、百年かかっても無理かもな」

「百年後に同じ台詞を言ってみやがれ。侮ってゴメンナサイって、謝り倒させてやる」

「おまえなぁ、いくつまで生きる気だ」

当然のように百年後、などと口にする斗貴に呆《あき》れる。

手を伸ばしてグシャグシャに髪を撫で回すと、乱れた前髪の合間から鋭い目で睨みつけてきた。

「……少なくとも、あんたに『負けました』って言わせるまでは。覚悟してろ。おれのテクで、めろんめろんにさせてやるからな」

「はいはいはい。楽しみだなぁ」

何度返り討ちに遭わされても、まだそれを言うか。懲《こ》りないヤツだ。

苦笑してポンと一度頭を叩き、触れていた手を離した。

「チッ、全然本気にしてないだろ！」

食ってかかってきた斗貴は、藤村の肩を押さえつけて腹に乗り上がってくる。

自分がどんな体勢になっているか、わかっていないのかもしれない。愉快なバカめ。

「そりゃ、ついさっきまで、俺の下でめろんめろんになってたヤツに言われてもなぁ……」

グッと両手で斗貴の腰《こし》を摑み、熱の余韻を煽《あお》る。

一瞬息を呑んだ斗貴は、面白いくらい即座に首から上を赤く染めた。

「は、離せよ。指……っ、ゃだ、触……んな、エロオヤジ！」

「飛んで火に入る夏の虫、か。自業自得《じごうじとく》だ、バーカ」

「なんって、大人げな……っ、ぁ……ぁ」

息を詰めて肩口に顔を伏せてきた斗貴の頭を、片手で抱き寄せる。

こうしていれば、自分の顔を見られないはずだ。いろんなものが入り混じった……複雑な、みっともない顔を。

今はまだ、コイツには見せてやるものか。

あとがき

こんにちは、または初めまして。真崎ひかると申します。この度は、新装版『難攻不落な君主サマ』をお手に取ってくださり、ありがとうございました。

最初に世に出していただいたのは、約十年前……です。その間に私は、藤村の年を追い越してぶっちぎりました。月日が経つスピードの速さに、慄きました。恐ろしいです。

今回、ルチル文庫さんより装いを新たに再刊行してくださる機会に恵まれましたので、悶えつつ、最後のほうは不気味なことに半笑い状態で加筆修正の手を入れました。元の文庫をお持ちの方は、見比べて間違い探しをしたくなる欲求を、グググ……と抑えていただけると幸いです。変化が成長ならいいのですが、今との違いにちょっぴり本気で泣きそうです……。

あ、新装版に当たり、書き下ろしをプラスさせていただきました！　いつか、何らかの形で書きたいと思いながら経年によってタイミングをうまく摑めずにいた、藤村視点の『裏』を書くことができて、本当にありがたいです。

イラストをいただきました蓮川愛先生には、改めて御礼を申し上げます。十年の経過で私はヨレヨレになりましたが、蓮川先生の藤村と斗貴はまったく色褪せることなく格好よくて美麗で、眼福の一言です。陳腐な表現かもしれませんが、惚れ直すとはこういうことか……と思いました。本当にありがとうございました。今後とも、よろしくお願い申し上げます。

新装版として引き継いでくださったルチル文庫担当のH様、そして初出のプリズム文庫担当のM様にも、この場をお借りしてありがとうございますとお伝えしたいです。関係するたくさんの方に支えられて、今があるなぁ……と改めて感じました。感謝あるのみです。


今回初めましての方、そして改めましての方、ここまでおつき合いしてくださりありがとうございました。毎度のことながら、なにひとつ面白いことの書けないあとがきで、すみません。ほんの少しでも楽しんでいただけましたら、なによりも幸せです。

この先のシリーズ続刊も、加筆修正&書き下ろしを加えつつ新装版として刊行してくださる予定ですが、次回はこの『難攻不落』から少し後の藤村&斗貴を、完全書き下ろしにてお届けいたします。そちらも、お手に取っていただけると幸いです！

それでは、ひとまず失礼いたします。過去作の新装版ということで、色んな意味でドキドキしています。チラリとでも感想を聞かせていただけると、すごくすごく嬉しいです。

二〇一六年　　桜の季節となりました　　真崎ひかる

✦初出　難攻不落な君主サマ
君主サマはご機嫌斜め…………プリズム文庫「難攻不落な君主サマ」
（2006年8月）を加筆修正
君主サマは陥落寸前？…………書き下ろし

真崎ひかる先生、蓮川愛先生へのお便り、本作品に関するご意見、ご感想などは
〒151-0051 東京都渋谷区千駄ヶ谷 4-9-7
幻冬舎コミックス　ルチル文庫「難攻不落な君主サマ」係まで。

幻冬舎ルチル文庫

難攻不落な君主サマ

2016年4月20日　　第1刷発行

✦著者　真崎ひかる　まさき ひかる

✦発行人　石原正康

✦発行元　株式会社 幻冬舎コミックス
〒151-0051 東京都渋谷区千駄ヶ谷 4-9-7
電話 03(5411)6431［編集］

✦発売元　株式会社 幻冬舎
〒151-0051 東京都渋谷区千駄ヶ谷 4-9-7
電話 03(5411)6222［営業］
振替 00120-8-767643

✦印刷・製本所　中央精版印刷株式会社

✦検印廃止

ISBN978-4-344-83706-5　C0193　Printed in Japan